叙旧

Yesterday Once More

魏思孝 著

人民文学出版社

图书在版编目（CIP）数据
叙旧 / 魏思孝著 . -- 北京 ：人民文学出版社，2025. -- ISBN 978-7-02-019368-4
Ⅰ. I247.7
中国国家版本馆 CIP 数据核字第 2025SV8335 号

责任编辑 黄盼盼 欧阳婧怡
装帧设计 陶 雷
责任印制 张 娜

出版发行 人民文学出版社
社 址 北京市朝内大街166号
邮政编码 100705

印 刷 三河市中晟雅豪印务有限公司
经 销 全国新华书店等

字 数 134千字
开 本 880毫米×1230毫米 1/32
印 张 7.625 插页1
版 次 2025年9月北京第1版
印 次 2025年9月第1次印刷

书 号 978-7-02-019368-4
定 价 65.00元

目　录

生平

1

父亲出生在二十世纪五十年代，活到新世纪刚迈进第二个十年。五十多年里，我不清楚他是否有觉得生活轻松的时刻，我认为这样的情况不多，每天早上睁开眼，就是一家老小的生计。至于他自己有什么喜好或者消遣，我并不太清楚，春节时喜欢多买些鞭炮、烟花和二踢脚可能算是一个。面对母亲的指责，父亲总说，这是驱穷气。晚上他一个人披着袄，在天井里放完鞭炮，进屋时总一脸兴奋，似乎来年家景会更好些。从我五六岁记事起，他就是年近四十岁的中年人，关于他过去的岁月我知道的不多，也很少听人提及，可供联想的仅有他第一代身份证上模糊不清的照片，因黑白和附着的网格图案，面目辨别不清，只是大概的五官。确实如母亲所说，浓眉大眼。母亲在数次相亲不成后，这次终于点头同意这门亲事。那时父亲二十七，母亲比他大两岁。周围的人劝母亲，说这人家负担重，嫁过去受累。父亲是家里最小的，爷爷奶奶岁数大了，还有一个弱智的哥哥。母亲嫁过来时，白面都没的吃，还要她隔三岔五回娘家驮面接济。母亲同意这门亲事，除了父亲的长相，还有他嘴拙，不说大话，肯吃苦。她说，人老实，肯吃苦，日子就能过。尽管母亲在随后的岁月里，经常抱怨跟着父亲没过几天好日子，只剩吃苦受累。在农村，就是如此。这对年轻的夫妇，应该是从各自的勤劳本分中映照出了生活的希望，才如此相濡以沫，拌嘴争吵并没有让他俩懈怠或是背离。

父亲死后，我们收拾旧物，找出一沓他年轻时赶马车运货的记工本。小开本，手掌大小。笔记本已经散页，只留下从一九九一年一月份到一九九二年十月份的。我翻到三十年前的今天：1991年10月18号：储运厂到（应为“倒”）重轨12.5米，共90支，1天。人员：元、方、于、王、达（父亲名字最后一个字），共5人。注：立金没干。当时，父亲和现在的我同龄，三十五岁，天气大概也如现在一样，气温中午在十七八度，早上和晚上只有四五度，需要穿上外套。地里已经种上了小麦，他父母当时还健在，都是过八十的年纪，只能做点零碎的家务活，在未来的两年内相继生病离世。他的儿子五岁，还没上小学。他的女儿十岁，念五年级。他的妻子三十七岁，四处打零工。我脑海中浮现出年少时在村口看到父亲坐在马车上身子蜷缩手持马鞭回家的画面。他下工没有准点，有次家里刚买了当时流行的玻璃茶几，天很晚了父亲还没回来，我一直担心他在路上出了意外，永远也看不到茶几了。一九九一年七月二十四号那天，记工本单独一页：总库至乙烯技校、召口建筑队，拉螺纹钢15#，1.05T，人员：达。注：毕义贤他们拉木头。红色笔，在旁边写：这一天。11.00元。（后一页是八月七号，中间有十余天空缺，没有找到活干。）这页左上角出现了我的名字，字迹和父亲的不同，笔画分离，大小不一，一看就来自幼童。这天恰好是我的阳历生日。父亲进入这行，先是跟着毕义贤的车队干活。车队的头负责联系活儿，从车队的每个人里面抽成。老毕这边活儿不多，后来又跟着孟凡武干。老孟健谈，会来事。七八年的马夫生涯，装卸全靠人力，谈不上轻松。他正值壮年，有力气，一身黝黑壮硕的肌肉。

因为当时在村里还有些威望的祖父，父亲年轻时在生产队里当过一段时间记账员，这大概是他一生中为数不多不需要卖苦力的日子。公社结束，分田到户，家里人口多，抓阄分到的七八块土地分散在村子周围。拔草、打药等零碎活儿略过不提，单说每年春秋两季农忙。机械化没有普及，六月份顶着烈日，拿着镰把麦子割好，打成捆，装到地排车上，运到麦场，驴或人力一次次拉石磙压麦秸；选出麦秆，等麦粒晒干的间隙，扛着锄头种玉米。每道工序，都让人晒脱一层皮。九月底，玉米熟透，掰下装车拉回家，扒皮系成垛，用绳子拉上屋顶，等冬天风干后再运下来手工脱粒。犁地、打地、扶脊、播种，每个流程都是一种难言的痛苦，让人如身披几十斤的枷锁，蚯蚓般在土地上挪动。我和姐都还小，跟在后面，只觉得日头难熬。父母总说，知道苦，就好好学习，以后别当农民。后来机械化普及，犁地、平地、播种都不太需要人力参与。我上小学时，有了脱麦粒的机器，人工把麦秸往仓里续。后来，脱粒机在地里收割，麦秸打碎在田里，不需要人工割麦子。我上大学时，有了掰玉米的机器，玉米秸秆打碎还田。这都是后话。播种后浇灌是个问题。村里没有机井，为了浇灌，家里四处借钱买了柴油机和水泵，从村边齐鲁石化修建的污水沟里没日没夜抽水灌溉。一两年，柴油机收回了成本。如此好多年，直到村里打了机井，每家地头都安上水阀。这是父亲一生中，为数不多的超前投资，还是在母亲的多番催促下。

父亲死后，又过了许多年，母亲可以从容回忆过去的家庭生活——主要集中在我的少年，他们的壮年。日子过得苦，负担又重，一次吵架后，父亲趁着夜色出了门。过了一会，母亲预感不好，出去寻他。父亲在屋后墙根蜷缩着，怀里揣着东西。母亲上去撕开，夺过敌敌畏摔了。母亲把父亲拽回家，训斥中夹杂着宽慰，鸡毛蒜皮的事用得上寻死觅活了？你死了我和孩子怎么办？你再弄这出我把你头给拧下来。死亡的主题，在母亲的讲述下只剩下她的诙谐和父亲的懦弱，至于这个男人为何想死，是否前不久自杀的堂哥触动了他，都不得而知。我不清楚父亲后来是否有过轻生的念头，生活中少有顺心时刻的他还会不会屡次想到死。

公路越修越宽，越来越平整，到处悬挂着“禁止畜类车”的标识，马路也成为一个古旧的词语。父亲把骡子和马车卖掉，思前想后没有买拖拉机。此后多年，母亲都责怪他。原因也无外乎家里终于还清了外债。或许也确实难以再借到钱了，亲戚们也都人到中年，上有老，下有小，一堆事。父亲放下马鞭，自己成了一匹骡马，开始漫长且艰辛的在附近化工厂、塑编厂打工的生涯。机器化没普及，主要是人力，黑白颠倒，上十二歇十二。从疾病找上门到他去世，十多年里，一年到头，父亲在工厂和土地来回腾挪自己。与赶马车时不同，我不知道父亲在工厂里怎么样，总归轻松不了。他古板、严肃、不耍滑头，同样也看不惯其他人偷懒。他做事一板一眼，与工友的关系谈不上融洽，但也有几个投脾气的。上完夜班，为了让自己快速入睡，他有了喝劣质白酒的习惯。更多时候，下了夜班，白天他还要忙家里的农活，只能短暂睡一会。家里弥漫着一股化学原料的味道，他越来越沉默寡言。我很少看到父亲笑，身形总是疲惫。

自我上高中，在家的时间越来越少，也越来越沉浸在青春期的哀伤中，不考虑学业，只为稚嫩的情感奔忙——家和亲情被闲置在角落，是无须费心经营的。那些年，父亲在我记忆中是模糊的。总结也成为一件艰难的事。父亲仅有的摆脱劳作的日子，大概是几次住院。一等到指标稳定，身体恢复些气力，他就着急出院，为了省钱，为了把花掉的钱尽快再赚回来。他成了家里的一个无底洞，只身跳进去，用自己的身躯填补这个缺口。父亲当然不知道西西弗斯，但他大概也体会到自己身上发生的荒诞，愁容下的不忿和无力感，是他对自己的失望——重复祖辈们的老路，认命且把希望寄托到孩子身上。我带来的总是失望，他没有在活着的时候从我这里得到慰藉，更多的是担忧。

父亲一米七的个头，最胖也没超过一百五十斤。四十七岁那年，他再次住院，医生警告他这次不养好后果很严重。于是父亲戒烟（后来又抽了），养了几只羊，穿着棉裤棉袄，每天去放羊，打扮比同龄人老了一辈。吃不起医生说的补充蛋白的鱼和肉，母亲买了成筐的胡萝卜。赚不来钱，父亲心存亏欠，在家里有些抬不起头，脾气都和缓了许多。来年春天，身体指标稳定后，父亲又去厂子干活。到后来查出癌症，之后七八年间，他再没住过院，也避讳去医院体检。我不记得父亲曾吹嘘过自己做过什么了不起的事，过去的人生似乎并无可炫耀的地方，所过的生活肯定没有达到自己的预期，但他压根也不是对生活充满野心的人。人群中，他并不显眼，却无形中让人踏实和信任，大家都称呼他老魏，也并不单是年龄的缘故。他是许多逆来顺受的农民中普通的一个，也是构成社会的基石，勤恳又愚昧，依赖过往贫瘠的人生经验，对新鲜的事物总是保持警惕和本能的距离，容易被蛊惑，又绝不迈出危险的一步，肩膀上承担着生活，步伐谨慎又足迹明显。他唯一傍身的只有自己的身体和力气，这些都失去后，个人就没有了价值。

父亲对生活没有过高的要求，吃穿用度上都是如此。有次过年，他吃过一次野猪肉，回来和我说，觉得我没跟着他去吃是个损失。我不清楚他是否还吃过其他的美食，无非就是从酒宴上吃平日家常菜中不多见的食物。少年时的饥饿让父亲对粮食尊重，也从来没表露过想要吃什么。对口腹之欲，他有着一种内敛的尊严。他十来岁时去挖沟渠，搬石头，能吃上一根油条，带油性的东西，就觉得很满足。过去艰苦的日子，我也没办法深入体会，一如多年后的今天，当我身为人父，督促女儿多吃虾她摇头。我自己少时吃的都是虾皮，吃到一整条虾时早就过了发育的年纪。毛呢大衣是我印象中父亲穿过的最体面的衣服，只在过年时穿一下，又明显感觉出他有些不适应，姿态拘谨，像穿着盔甲。后来再拿出来，衣服崭新，但款式已经过时。

干体力活时搭配粗布衣服，工厂的工作服也常年沾染着灰尘。父亲很少穿衬衣，衣服都是偏黑色，耐脏为主。父亲有过的交通工具——自行车、马车、摩托车、电动车，几乎都是自己维护。他还会简单修理柴油机，闲置后用帆布包裹，十多年后还能用，想卖掉价钱又太低。摩托车的后备厢里常年备着工具和火花塞，小问题他都是自己解决。经他手的物件，都维护得当。这是精通各类农活外，他为数不多的特长。他爱惜物品多过爱惜自己。

父亲成长的年代，物资短缺，生存艰难，民风的淳朴和友善只在没有利益纠葛时。蛮横不讲理，偷奸耍滑，不占便宜就是吃亏更是流行的生存准则。这与家族的性格相违背，老实除了换来好名声，别无他用。既然魏家的男人都不好争抢，强悍的妻子就至关重要。父亲性格中的腼腆和不时闪现的细腻，让他有些话总是开不了口——争夺意味着在意，这有碍他的自尊，他生怕别人瞧不起，于是吃亏就成为常态。母亲以其泼辣直爽的性格捍卫着家庭，不占别人便宜，也绝不吃亏。父亲经常怀念生产队的日子，一帮人出工不出力，所有都是公社的，都没钱，也谈不上攀比，关系融洽，有说有笑。包产到户后就不一样了，各自为家，自私自利，父亲失落时看不惯的太多，又无力改变，也无法融入。拖欠工资，少记账，这些事情都由母亲出头解决。在村里，父亲能说上话的人不多。他不喜欢话多的，也不喜欢做事邋遢的。他不够聪明，有时急躁，但手脚足够麻利。父亲在村里有几个要好的玩伴，单身时也凑一起打牌喝酒。成家后为了生活，平时来往不多，逢年过节保持走动。村里集中盖砖瓦房屋的那些年，在家里或给邻居帮工管饭喝酒，父亲便成了另外一个人，话多，总是笑。他酒量不大，被劝酒时定力不够，总是喝多，口齿不清说些酒话。母亲什么脏话都骂得出口，为这事两个人经常吵架动手。母亲情急之下，拿过菜刀要剁下他的头。这都是他们三十多岁的事。

父亲赶马车那些年，和车队里的七八个人来往密切。车队散了，有时在路上碰到，还异常亲切，各自家里婚丧嫁娶都会通知。有几个人死得早，生病，出车祸。孟凡武死时，父亲尤为难受。我记事起就总见到他。盖屋时老孟还来送过肉和菜。父亲四十多岁时，在南山上的一家私人化工厂当车间主任，比普通工人一个月多领一百块钱，也负责给新来的员工培训。小耿二十出头，小邱三十多，他们三个人在一组，负责一条流水线。小耿和小邱家里没地，父亲农忙时，多亏他俩补上。父亲那阵子心情好，下工后总会说起他俩。先前在别的化工厂当班长，管人，人家不听，受气不少。小耿和小邱来家里吃饭，那天父亲喝多了，在院子里吐完，躺在地上睡着了。母亲回来，拿着铁锨把他拍醒了。母亲气了好久，不是疼酒，他那时肝已经不好，住过一次院。后来，母亲就不让人来家里喝酒，也不允许父亲出去喝。父亲死时来了许多人——亲戚、朋友——没通知外面的。有些老相识，后来才知道他的死。来人多，一是，父亲算不上老，亲戚朋友大多也健在；二是，平时村里的丧事，父亲作为家族的代表，鞍前马后，积攒下了名声。父亲的丧事算得上风光，不缺人气。上礼金的答谢名单，写满一张张白纸，在村口的墙上贴了一长溜儿，比村里另外一个人的答谢名单，长了足有一倍多。

2

肉体消亡，伴随精神上的复活。父亲总在不经意间出现，我们刻意回避，但他留下的印记在肉眼所及的任何角落。遗像在柜子里一放十年，每次打开找东西，隐约的黑白色调都在心里搅动起风暴。我们假装没看到，快速关上。缅怀在暗地里进行，没人提议把遗像悬挂在墙上。抽屉里还有父亲留下的手机，黑色的老式诺基亚，和其余杂物一样布满尘土，躺在不显眼的边角处。父亲的衣物随着下葬当天、“五七坟”、“百天坟”陆续焚烧，母亲偶尔还能翻出一些，无一例外都是她帮着挑选的，来历都记得清楚，或是崭新没穿过几次，想留着重要场合再穿，或是出于节俭的本能，不舍得扔掉。抽屉里有他的记工本，上面别着圆珠笔，内页上的字迹如旧，诸如“拌料”“检修”“零工”，简单明了地记录那些年每天都是如何度过的。父亲生前爱听的邓丽君和民歌合集的碟片，还在电视柜下面的抽屉里，和不用的影碟机放在一起，都已经过时。父亲生前听碟片的机会也不多，过年打扫卫生时会放。化工厂车间噪声重，他听力受损，音乐声音放得很大。有些我们没有勇气再去看，比如婚礼录像的光盘，里面有他唯一的影像。过去那么多年，不知道光盘还能不能出画。双亲致辞环节，母亲接过司仪的话筒，看着天井里围观的乡亲，平时快言快语的她，嘴唇打战，一句话都说不出来。父亲戴着毛线帽子，上身穿着黑色棉服，抢过话筒，开口先感谢共产党，让老百姓过上了好日子，能吃上饭。这句话引来众人一阵哄笑，父亲抿嘴，又感谢老少爷们大冷天来帮忙。这大概是他一生中，少有的面对这么多人公开讲话，不知心里预习了多久。父亲用过的农具，农忙时我们继续用。他赶马车那些年收攒下来的木板和铁器，扔也不是，留着也没什么用，还堆在杂物间。

父亲留下的东西逐渐被清理。

父亲骑了十二年的摩托车，在他死后不久卖给收废品的。他最后那年，代步工具是我结婚时买的电动车。摩托车破旧不堪，保险杠松了，后备厢坏了，机身掉漆，排气筒被铁丝固定着。里程表早就坏了，定格在十五万公里。

父亲骑着它找过走失的哥哥，没有找到。父亲骑着它送过我上学，也驮着粮食送去姐姐读书的中专食堂换粮票。后来姐姐嫁人，父亲又骑着它去城里给姐姐送馒头。父亲骑着摩托车去医院看病，也载着母亲赶集。十来年中，这辆摩托车载着我们家人四处远行。父亲一辈子没出过远门，最多到临市，也是坐长途车。他没有坐过火车，更别说是飞机。两百公里以内，他总是骑摩托车。

父亲一砖一瓦建造的房子还在。自他死后，房子总是出现各种问题，厦檐漏水，雨棚坏了，屋里的电灯泡灭了，抽水泵坏了，天井的水泥地面裂纹了。每次遇到这些状况，我都想到父亲，他对这些拿手。母亲看着我大致抹平的地面，装上的雨棚，总是不满意。“如果他还在就好了”，“我怎么是这种命”，那些年，母亲总把这两句话挂在嘴边。

村西边的墓田有上百个坟包，村里死去的人都在这里，其中一个是父亲。一年后，物流园占地，墓田迁到几百米外。后半夜，全村赶在天亮前迁坟。父亲的骨灰盒已经腐烂，露出骨灰里大块的骨片。我手捧骨灰，想起从火葬场回家，捧着骨灰盒的那个烫手的午后，感慨这是父亲留给我的最后的温度。我用手指抚摸着他的骨片，心想这是我对父亲最为密切的触摸。几年后，又一次政府占地，再次迁坟。如今的墓地，在西山上新修建的通往城区的公路下面。每个墓碑旁都栽种着松柏，比先前的整洁。大理石碑面扣住墓穴，呈一个斜面。村民还保持着压坟头纸的习惯，用石块将黄纸压在大理石的一侧。墓穴分为两个坑，其中一个是留给母亲的。碑面没有刻字，母亲说等她死后一起刻，省事。我在城区西北买的房子，如今每次回村都走这条路，歪头就能看到墓地里茂盛的柏树。一年中，除了春节、清明、中元节、忌日、寒衣节定时去上坟，其余时间我没去过。有时，我心里一些话没处诉说，也想到父亲的坟前说一下。尤其是他刚走那会，大到世界上的新闻，小到家族和家里的事，都想对他说。但每次在坟地里听到自己的声音，都有些羞怯，只好在心里面默念。

我时常梦到父亲，梦里他不说话，只是笑。梦到最多的是，父亲身体好了，我高兴坏了，叮嘱他不要出去干活，就在家里待着，没事遛弯晒太阳，想吃什么就吃什么。只要他身体没事，一切都不是问题。梦醒后，更多的是遗憾，没来得及告诉他真实的病情，让他走得不明不白。他对我会有怨恨，以为不给他看病，也会怀疑一生操劳为整个家付出，到头来没换回什么。父亲会认为自己的一生失败，起初我也如此以为。慢慢地，他的形象在我心中日渐高大和伟岸，我缺乏他对生活的热忱，数十年如一日投身到繁重枯燥的劳动中，克制自己的私欲，节衣缩食，一切从简，只为多省下点钱用在家庭生活中。他的妻儿老小以及后代，是他个体的延续。

一些字眼——丈夫、老伴、那口子——成为母亲心中跨不过去的伤口。她厌恶别人提父亲的名字，不管是关切还是增加谈资，她一律说，提他干什么，谁家里还不死人了。慢慢地，好事者开始给母亲介绍老伴。她态度坚决，不找，又不是孩子还小，养不活。自行车车胎坏了，母亲推去村口老宋的修车铺，回来便对我说：有你爸的时候，他给我补胎，车胎没气了，也是他给我打气，这些事根本不用我操心。干活回到家，只有她一个人，母亲也想：你爸要在家，早就把饭做好了，我吃现成的，现在倒好，冷锅冷灶的。更多的时候，母亲的心事没处说，遇到事没人商量，尽管父亲活着的时候，他也不是一个拿主意的人。她总絮叨两句话，一、我怎么是这种命；二、谁知道我心里的滋味。几年后，母亲有了孙女，这多少舒缓了她的心情。这些年，母亲生过一次病，住院半月，按时吃药。她习惯一个人住在村里。晚上躺在沙发上看电视，还是母亲主要的消遣。她闲不住，不是出去干活，就是伺候庄稼，家里家外，有条有理，都没撇下。母亲遇到事会和我说，我听她说完，由她自己决定。

十年后，母亲终于坦然怀念过去，说起父亲当年的事，语气有遗憾，表情更多是温情。母亲照旧要强，在外面吃不了亏。从去年开始，母亲跟着村里的人，在城区维护绿化带，拔草，浇树，早上去，下午回来。一起干活的有四里八乡的老头老太，她总拣着轻快的活儿，回来和我说这天又怎么偷懒的，很是自傲。十年里，母亲体重控制在一百三十斤左右，血压正常，血糖有点高。母亲脸上的白斑，后来又长出新的正常皮肤，还不如都是白色，样子不算好看，这是她的一块心病。母亲不愿意住在城区，一是没人说话，二是不喜欢别人审视她的目光。在村里，熟人社会，没人过多在意她的面容。六十岁后，母亲每个月领两百块钱的养老金。她时而感叹，父亲没赶上好日子，如今不用节衣缩食过日子，想吃什么就吃什么，水果和肉不断。她偶尔对儿子表露出一丝骄傲，因为买房也没欠下什么债。母亲身形有些佝偻，干完农活总是腰酸背痛，恢复需要好几天。她的生活哲学是争取活久点，有病要及时看，这是她从父亲身上吸取的教训。我想，母亲想到父亲的频率，只会比我更高。她住在和父亲一起亲手建造的砖瓦房里，墙面上有了裂纹，小毛病不断，但并不碍事，房子没人住才老化得快。有人住，人气就在。有年夏天，连续下了半个月的大雨，后墙结满青苔。天气转好后，母亲用刮刀一块块刮掉，看不出痕迹。

这些年，村里各家各户在口粮田里种上果树，等着占地拿补偿款。如今家里的五亩地，只有两亩还种着粮食，比以前省心多了。麦子打回家，在胡同里晾晒两天然后收起来。玉米装袋后用绳子拉到屋顶上，等冬天晒干后再推下来脱粒。其余三亩地种上了树，在树的空隙处，母亲栽种时令蔬菜，以及地瓜、花生、南瓜等。吃不了的，送给邻居，或是在村口的集市上卖。十年过去，每隔一两年，政府就会下发拆迁的文件，后又一直没有动静。传闻越来越多，规划的搬迁地点也从市区转到了镇的西边。

父亲过世那年的春天，村里刚结束选举，干了三届村主任的刘猛下台。王本道竞选成功，在全村选了四个小组长，父亲是其中之一。有次我和父亲打电话，父亲喝了酒，心情不错，感觉自己受到了重视。三年后，刘猛再次竞选失利，王本道要不回占地款，各项补贴也都不知道怎么花掉的。我们村成了四里八乡的笑柄，在区县的考核评比中垫底。以刘、王为首，村里分成对立的两拨人马。大街小巷的墙上粉刷了揭发王本道贪污的标语。王本道磕绊着干完第二任期，刘猛再次当上村主任。王本道借助前些年发展的本族党员，成了村书记。后来国家出台政策，有犯罪前科的不能在村里任职，刘猛又下去了。没多久，上面也撤掉了王本道的村书记职务。如今，村书记是镇上的一个科员，早年从村里考出去，上面委派他回来。大家对他不熟，他也不服众。这十年，母亲一直是村民代表，她去村里开会，回来就开骂，没有一个能办实事的。

这几年建设新农村，各家各户的院墙统一粉刷成黄色。主要街道和显眼的位置涂上了墙绘，小桥，流水，山青，水秀，“中国梦”主题的标语随处可见。开挖胡同，铺设下水道，路面整洁，也没有污水横流。家后面的垃圾池不用了，换成垃圾桶，没有臭味。自来水还是免费的，只是不能喝。村委安装净水设备，定时刷卡取水，机器总是坏，现在统一发放净化的桶装水，一人每月四桶。村子公路旁加盖的门面房，都作为违章建筑拆除了，路面空旷了许多。曹维家的日升超市不开了。这些年，村里新开的一些门脸，诸如按摩美容、婚庆公司、服装店，没多久陆续也都关了，生意不好做。村里也没有早餐铺了，买包子、油条之类的要跑到附近的孟家村。下午，村口还有小市场，卖菜卖水果的摊子也没以往多了。这几年，讨生活有些难，走了不少收废品的外地人。铁道西边的庄稼地，建成了物流园。每年春天，胡同里栽种的樱花、玉兰还照常盛开，很是好看。家里安装了空调，夏天再热，也能睡个踏实觉。屋顶上装了太阳能，只要阳光好，水就热，洗漱也方便多了。女儿腊月里出生，怕她冷，取暖炉烧得太旺，结果铝皮烟筒破了洞，把屋顶烧着了，又补了屋顶。屋后的杨树卖了，新栽了核桃树。屋后的院子，种了一圈花椒树当篱笆，长势喜人，也结了不少花椒，吃不了，有村民路过会顺手摘几把。

父亲死后第三年的年底，姐姐家的儿子出生，一个多月后，我的女儿出生。（姐姐的大女儿明年上高中，父亲死时，她才刚上小学。）姐姐如今在一家私企做保管和会计，不费力气。我还是老样子，写东西，十年里，出过几本书，其中一本书的原型就是父亲。写完后，我释然许多。去年，我在上海为新书做活动，题目是“父辈的旗帜”，与二战时的战争英雄相比，对我而言，我的父亲也是英雄。

十年过去，本族的父辈都接连死了。父亲的死像是开启了按钮。东胜的爸肺癌死的，瘦成一根竹竿，躺在床上喘不过气。东胜的妈不久也病了，走不动路，坐着轮椅，身上长脓包，也不去医院，自己在家配中药熬着喝。东胜妈不能自理，和东胜在城里住，老宅没人住，都荒了。东胜的姐姐结婚，不到半年又离了。东胜今年三十六，还没结婚，当跆拳道教练。顺利他爸，春天在家里铲粪，脑出血，家里没人，过了很久才让邻居发现，在医院重症监护室住了一个多月，一直昏迷，出院没多久就死了。去年，红岩爸妈在二十多天里相继死了。他爸具体什么病不清楚，最后动不了，只能躺着。他妈肺癌，喘不上来气，临死想吃个鸡蛋羹，也没遂愿。我二舅食道癌死的，从发现到死，一年多，吃不下东西。大姑家的三表哥，在家里喝多了酒，第二天被发现时躺在床上，也不知道什么时候死的。大姑家的大表哥，喝酒后骑着电动车，在辛店农业银行的路口闯红灯，让车撞死了。前不久的早上，大姑家的二表哥开着三轮小货车，人走神，撞到停在路边的货车上，头骨多处骨折，好在人没死，左眼瞎了。

十年间，村里每年都死十几个人，有些我叫不上名字。单说邻居，我认识的吧，李永禄是胰腺癌，从检查出来到死，一年多。李永禄查出病的那年秋天，我上屋顶给太阳能灌水，看到他坐在屋顶的花棚下，对着他养的那些快枯萎的花出神。前邻小涛的妈也死了，骨癌，死前脸上、脖子上都是瘤子。父亲的干亲兄弟也死了，肺癌。后来他儿子在村里开洗车店，生意不好又关门了。表姐的公公也是肺癌死的，死前两年先是脑出血，走路都费劲。那几年表姐夫在广州打工，没赚什么钱，又回来了。他早就不养猪了，如今重拾电气焊的老本行。昨天，小石死了。他四十出头，肺癌查出来一年多，小女儿刚会走路，大女儿上初中。母亲倚在沙发上，数算今年村里死掉的人：王爱民、王若民、刘军的爸妈、小张（王有贵的入赘女婿）、刘元信、刘本农、东升娘（刘文平老婆）、刘家栋的老婆。母亲说，这么小的一个庄，才半年，死这么多了。

一到夏天，我光着膀子，看到自己身上的护胸毛，就想起以前夏天，我和父亲光着膀子在胡同口劈柴。路过的村民就笑着说，一看就是爷俩。我站在镜子面前微笑，相似的笑容在父亲的脸上也出现过。我面对一些场景时的表情，不论是局促、尴尬还是生气，即使我看不到自己的脸，也记得这些表情父亲也有过。村里有人不认识我，问我是谁，我报出父亲的名字，大家就知道了。有一年，我开车撞了邻村的大妈。在她家果园旁边，遇到一个老头。他问我家是哪里的，又问我是谁的儿子。我说，我爸是魏修达。老头说认识，他以前赶马车的。又说，你爸是个好人。从他的表情中，我知道这不是恭维或客套。

我在网上看到一个修理马掌的视频，想起小时候家里养过骡子。父亲也给它修掌。又想起每次拉货回来，给骡子卸下鞍，父亲把它牵到屋后的空地，让骡子打滚撒欢。有一次，我放学回家，父亲也忘带钥匙了，我们就坐在门口的石头上，等着母亲回来。也不着急，就这么等着，天都黑了。真是一个安静的傍晚。

曾和父亲在同一个车队的伙计，如今在镇上扫马路。他头发全白了，个头更矮，穿着黄色背心，不到一米五的样子。每次我看到他，就想起父亲。父亲死后不久，母亲有一次遇到和他一起赶马车的伙伴。他问，老魏最近咋样？母亲说，老魏歇着了。他又问，他这么能干，还能歇着？母亲说，他上那边歇着了。那伙计叹了很重的一口气。

我的手机里存着一张照片，是我从家里的相册里翻拍的。父亲和母亲站在天井里，背景是罩住厦檐的铝合金门窗，玻璃上贴着一张头戴皮帽拜年的童男，另一侧的童女没有入画。照片深处，屋门横梁上贴着的几个挂千，颜色红艳。我忘记了拍照的具体时间，大概是年后不久，初春时节，天气还有些冷。半身照中，父亲穿着黑色的外套，敞开怀，里面是一件手织的V字领灰色毛衣，毛衣里面还有一件蓝色的衬衣，衬衣里面还有一件格子衬衣。父亲背手而立，旁边的母亲紧挨着，没留下空隙。母亲上身的灰色西服外套有些宽松，一侧胳膊被父亲挤得像袖子是空的一样。这天，阳光很好，因迎着光，他们都眯缝着眼，脸色显得白皙。母亲脸上看不出一丝白斑病的痕迹。相机是姐姐借的，胶卷有限，缺乏拍照经验，面对镜头，父亲和母亲表情都有些拘谨。父亲在微笑，尽量表现得自然，以致嘴角向左歪了。母亲头歪向一侧，露出牙齿，笑容勉强。那时，他们四十出头，头发还是黑色的。父亲的一生，都没有几根白头发，头顶秃了一块，倒是显眼。母亲头发也是黑色的，还没像后来那样需要定期染黑。看到这张照片，我还能回忆起，当时我就站在镜头的另一侧，注视着他们。一如，二十多年后，我此刻的注视。

亲家

老　付

老付这阵子心情不好。今年夏天雨水太多，据当地新闻上说，这才八月中旬，降雨量已经超过去年全年。去年，雨水也不少。同时，南方正经受着严重的暑热和干旱，热射病取代中暑成为热词。上周，一个干绿化的妇女热死了。为此，环卫部门下发通知，各绿化片区的负责人告诉承包的工头们，让劳力们休息了三天。热死的那个妇女是高青来的，七十多岁，当时正在中润大道上的绿化带拔草，说头晕，送到医院，人就不行了。众人感慨，幸亏不是回家死的，不然，找不到地方赔偿。最热的那几天，老付在城区新建的医院附近拔草。中午，她们一行七八个妇女，会去地下停车场，将塑料布铺在地上，躺着休息一会。

今年天气格外反常。一连几天，雨从早下到晚。雨大，没办法出去干活。有时正在城里拔草，下起一阵大雨，说要找地方避雨。干活按天给钱，不按活多少。出去一天，躲雨不干，也给钱，一天七十块。对这一点，老付很满意。

七月份，经过一场狂风暴雨后，地里的玉米倒了一片，扶正后，如今长势很好，看样子不影响收成。倒是宅屋不让人省心，建成到现在已有四十年，平时看不出有什么毛病，极端天气一来，问题尽显。去年给厦檐做了防水，花了七百块钱，不知是工人偷工减料还是没做对地方，老付卧室床脚的厦檐，外面下起急雨，屋内就雨水滴答，落在衣橱上。前不久儿子搬进新房，家具都是新添置的，不用的衣橱拉回老家，替代了老付结婚时找木匠打的老衣橱。四十年过去，老衣橱生锈、掉漆，门都关不齐了。老付把脸盆和洗菜的铝盆，放在衣橱上面接水。雨时下时停，盆一放上去，近一个月就没再取下来，等取下来时，里面还有雨水，一些蛆虫在畅游。

又下了几天不算大的雨，终于放晴。早上五点多，老付起床，洗漱好，下了一碗面条，吃饱后，把腌的几片豆腐卷进煎饼，装进饭盒，挎着布包，出了屋门，看到西屋门槛处散落着一些细碎的泛黄泡沫。去年秋后，西屋进了老鼠，老鼠咬烂门槛，又跑进北屋，把核桃、黄豆等搬到电视柜下面，生了一窝鼠崽子。下老鼠药，放老鼠夹，都不管用。春节后，三月份，卖掉西屋里的小麦，清扫干净，儿子用泡沫填缝剂把门槛堵起来。眼下散落的泡沫剂，类似老鼠在地里打洞后留下的一堆细小光滑的泥粒。推开门，靠西边的地面上积了一层水，好在几袋没有入瓮的小麦用木板垫着，没有泡水。下层的两袋麦子被老鼠咬破，麦子撒成山谷间泥石流凝固后的形状。老付恼火，骂道，×你娘的，恐吓不知何处藏身的老鼠。老付踩着水渍，仰头顺着墙缝看，楼板上有几处过水后发霉的斑块，至于哪里漏水，一时也不好判断。

几天后，儿子从城里回来，找到一只老鼠夹，把老付啃下的一块桃子插在上面，放到西屋。儿子说，应该再找人，给西屋做防水。那几袋小麦也早点卖了，不然全让老鼠祸害了。家里没有老鼠药，儿子又嘱咐老付改天去买。老付说，老鼠药也不管用。儿子问她，是否还记得第一次去见亲家的事。老付问，什么亲家？儿子说，孩子姥姥家。老付没好气地说，不阴不阳问这些干啥？儿子说，随便问下。老付甩了下脸，忘了，问你丈母娘去，别在这里烦我。晚上，老付一时半会没睡着。床铺潮湿，只是一个方面。当初盖房子，为了省钱，抹墙用的石灰粉，碰到阴天下雨，屋里就返潮。床东边的墙面裂了一道缝隙，从两米高的位置倾斜且曲折而下，倒不是很宽，能爬进去一只蚂蚁。有几年了，缝儿没有变大，老付也就不放在心上了。人上了年纪，身体毛病不断，何况这房子，也小四十年了。

前一阵，还没到中元节，老付梦见老卫几次。她问，有什么事？别不作声。老卫不说话。第二天晚上，老卫坐在沙发边沿看着躺着的老付，还是不说话。老付说，你老穿这件褂子，袖口都开线了，不知道换件别的。老卫不说话。老付又说，这还是〇五年冬天，闺女定亲，我拽着你去百姓商场买的，你不要，一百块钱还嫌贵，放橱里也没见你再穿，你死了，扒拉出来，上坟烧给你了。老卫还不说话。老付说，你这倒好，穿上就不脱下来了。老卫笑了，坐着不动，人走了十来年，像生人一样拘谨。老付比老卫大两岁，老卫是五十五岁时走的。如今，老付六十八岁，比老卫大十三岁。老付一头白发，皱纹也多了。在梦里，她躺在沙发上看着电视打瞌睡，眼皮睁不开，知道老卫还坐在边上，又说，家里没你的衣服了，你别急着来催我，过两天中元节，让儿子给你烧纸，这次多烧点，你在那边自己买衣服，别老穿这一件。见没回音，她又说，不是我不想给你上坟，我还要干活，哪天我要是不干活，我就去给你烧，别让我老梦见你，夜里睡不安稳，早上起不来床，就误点了。第三天，老卫没在梦里出现。

一起生活了大半辈子的夫妻，一个先走，活着的面对过去的事，能不想就不想。一旦想起来，历历在目，顺着线头，一件刚织好的毛衣，又全给抽成了一堆毛线，还要重新捋顺，缠成线团。费事，又费神。儿子的一句话，老付又回到十二年前。黑夜里，老付闭着眼睛，虽三伏刚过去，天还有些热，心却回到深秋。那时地里的农活忙完，一家三口坐着长途车去寿光。见亲家，也是去接受检验。

老卫和老付一穷二白，没给儿子置办下家产，被问来问去，不说低三下四，也觉得矮了一截，怕说错话，也担心做不对。一顿饭吃下来，不轻松。坐上回去的车，这对夫妻才松了口气，身体也不绷着了，说话也不用拿腔拿调生怕对方听不懂。老卫醉醺醺地坐在旁边，脸色不红，显得蜡黄。老付埋怨，不能喝，还喝那么多。老卫没好气，嘴巴和舌头黏在一起，含糊又大声，威严又不忿，也是从几个小时的迎合奉承中回归到家庭户主的身份，久违的放松后对枕边人不用端着，可以尽情宣泄，话说出来，刺耳又委屈，你个娘儿们，懂什么，我不喝能行吗？想到这里，老付在黑暗中喟叹。不喝酒，他也不会这么早就死了。

老卫查出肝癌，通知亲属。老付的二哥、三哥、四哥结伴去医院，守着病人没说什么，出了病房，对老付说，你只知道让他下力赚钱，癌症晚期了才来看。老付泪下如雨，懊悔不已。悔恨至今没有消减，只能从淡忘和故意忽视中寻求一点安慰。老卫刚死那会，常出现在老付的梦里，拖着病躯，不言语，拿着笤帚在扫地。老付一把夺过来，搀扶着他坐下，抹着泪说，家里啥事你都别管，你就好好养着，想吃啥，我给你做，只要你好好活着，咱这还是个家。十二年了，半边床空着，没有贴己的人说上几句话，把话闷在心里，也就这么过来了。老付见不得其他夫妻——尤其是同龄的——出双入对。见了，她扭头就走，招呼都不打。回家，关上门，心绪要平复好一阵。

老付有一女一儿。女儿小杰中专时学的计算机，现在在城里一家图文打印店工作，负责操作电脑、复印打字，都和之前学的专业相关。二十世纪末的那几年，个人电脑尚未普及，这算是一门时兴的行当。老付很为女儿当初的选择而高兴，有远见，虽然工资不高，但起码坐办公室不卖力气。女儿在城里租房住，周末从超市买回来肉和牛奶。女儿刚过二十，老付就着急了，想就近找个婆家。女儿想留在城里，不乐意回村。这是母女的冲突之一。老付希望亲家最好是本村的，平时有个帮衬。而同村的不是小杰的同学，就是自小认识的，有来提亲的也都不合适，让老付给否了。又过了两年，小杰二十二岁，还在城里工作，换了个规模大点的图文公司，工资也从三百提到五百，她开始存钱，想给自己买块手机。也是这年，老付托人给女儿在镇上找了个质检员的工作。小杰拗不过，上了一个月班，整天闷闷不乐，回到家，不说一句话。老付心里不落忍，让女儿又回了城里。

过了五十岁，老付在镇上给人种大棚。工友老薛有个儿子，二十五了，也没找对象。老薛以前是面粉厂的职工，厂里集资建楼房，他买了一套留给儿子结婚。老付心想，女儿不愿意在村里，老薛家的房虽说在镇上，但生活起来也便捷舒服。不久后，双方安排孩子见面。小薛初中没念完，在车间里倒料，一米七五的个头，瘦到不足一百二十斤，头小，脸也不大，单眼皮，话倒是不少。事后，老付问女儿的想法。女儿话没说死，那就先谈着。周末，小杰从城里回村，住上一晚。小薛下班后换洗一身，来小杰家里吃饭。饭后，坐在炉火旁，小薛和老付聊天，家长里短。小杰不爱说话，坐在一旁听，也跟着笑。小薛走时，小杰出门送。如此过了两个月，双方定下日子，摆了定亲宴。若没有下面的事，老付的亲家应该是老薛。

定亲没多久，进入腊月，老卫住院了。一个月里，小薛及其家人都没去医院看望，慰问的电话也没打一个。老付问女儿，和小薛处到什么阶段了。小杰不明白什么意思。老付指着小杰说，身子。小杰说，没给，他倒是有想法，我没同意。老付攥着女儿的手，往医院的大门口走，下台阶，途经一个人工湖。母女在湖边停下，水有些脏，也没看到鱼。黄瓜下市，老薛从大棚里往外运菜，见老付过来慌忙往棚里走。老付喊住他，先没说话，等老薛主动问老卫的情况。没等到这句话，老付直接说，老薛，长话短说，回去和嫂子、小薛说一声，婚事就算了。老薛闷了头，怎么就算了呢，都定亲了。老付压住火说，为啥？晚上睡不着觉，你自己慢慢想，别说定亲了，就算结了婚，还能离婚。到了晚上，老付托人把定亲礼金一万块、金戒指一个，送了过去。两家再无来往。

半年后，小杰的公司新来了个同事。小赵比小杰大一岁，在济南念的大专，学信息和通信技术。公司有宿舍，下了班，几个年轻人没事，凑在一块打扑克。小杰问小赵，和电工有什么区别？小赵说，算是一回事。有时，他们也结伴去人民广场。去时，四五个人一起走。回时，小杰和小赵落在后面。在外人眼里，两个不爱说话的人说到了一块。老付还没见小赵，听女儿说他家在皇乡，先不同意了，到皇乡骑摩托车要一个多小时，孩子要真结婚了，回个娘家都费事。小杰说，不回老家，小赵的父母在城里买好房子了。小杰把小赵领回家，一进门，老付脸上挂不住了。小赵脸白，高鼻梁，学历也行，说话谈吐也可以，就是个头，和女儿站在一起，一般高。一团和气地吃完饭，老付说，女儿年纪还小，结婚的事先不考虑。又说，天不早了，你早回去吧。小赵走后，老付对女儿一顿数落，个儿那么矮，拿不出门，非看上他了，我不同意，赶紧断了。不久，中秋节，小杰没打招呼，又领小赵回来，进了门，东西还没放下，老付就把小赵赶出去。小杰把东西扔下，死活要跟着小赵一起走。半年，小杰杳无音信。老卫埋怨老付，这又不是旧社会，只要孩子愿意，也拦不住。

最终，家长见面，地点定在小赵父母买好的婚房里。六楼，爬楼费劲。老付站在阳台，看着楼下的批发街说，这里买东西倒是方便。老赵夫妻两个，脸色黝黑，种了十几年的大棚，积攒下钱给儿子买了楼房，还不用还房贷，家具和家电也备齐了。四处看了下后，双方坐在了还包着塑料布的沙发上。老付说，都是下力气的，拿出十几万买这套房子不容易，彩礼我们一分不要。老赵说，一码归一码，嫁闺女，不比娶媳妇，彩礼该给还得给。老付说，不要彩礼，我们也不陪送嫁妆，家里还有个儿子念大学，以后花钱的地方多。老赵说，咱都是为了孩子好，按你说的办。小杰和小赵买了饺子带回来，荤素都有。屋里板凳不够，沙发坐不下，小赵和小杰去了阳台，饺子放在台子上，边吃边看批发街上的行人。这是两家人吃的第一顿饭。没有酒，吃得也熨帖。此时，老付已经不种大棚，但知道是什么滋味，这对亲家有了共同的话题。老赵说，再干几年，也就干不动了。老付说，伺候两个棚太累，就少种一个。老赵说，等把小闺女供完大学，就不干了。种大棚离不开人，下午还要放草帘子，老赵夫妻俩坐公交车先回去了。老付夫妻俩也跟着下了楼，他俩寻思好不容易进一次城，去批发街上买点东西。左挑右选，最后花了十五块钱，买了个家用的抽气拔罐器。干活累了，老付也想拔下罐，但如今一个人没法用。有时儿子在家，也想不起这事。这天，老付想起来，对儿子说，好久没拔罐了，不知道还能不能用。儿子找出来，只见包装盒上积了一层灰尘。十多年过去，除了一个罐漏气，其余的还能用。老付说，塑料的，不贵，经用。罐拔上，老付趴在沙发上说，买了，也没拔几次。儿子说，你想拔，就给你拔。老付说，没疮气，拔也没用，你爸疮气多，三天两头让我给他拔。

老卫活着的那几年，每年春节他都骑一个多小时的摩托车去皇乡老赵家里。日子定在大年初五，寒风刺骨，老卫把棉大衣反穿，用衣背罩住胸口，老付坐在后面抱住老卫。头次去，路不熟，问路耽误时间，晚了半个小时。半路上，两只手冻麻了，老卫停下车抽烟。老付的脸也冻僵了，舌头打结着说，来这一次，明年我不跟你来，你自己来。又说，我当初不让找这么远，你还怨我，冻不死你。老卫狠抽一口烟，跺了几下脚，搓着手说，你娘了个×的，一年就来这一次，看你这浑身臭毛病，天冷，还没走亲戚的了？老卫死后，又过了几年，儿子买了车，他去皇乡，老付也从不跟着。儿子带回来老赵大棚里种的蔬菜——西红柿、西葫芦、黄瓜等。老付说，年都过完了，才拿回来这些菜。

有了外孙女，老付也没怎么照看，一来有孩子奶奶，轮不到她这个当姥姥的。再者说，去照看，耽误自己赚钱。老付一年也去看那么一两次，和亲家母说不上几句话。吃个午饭，她就坐车回村。亲家母做饭不在行，馒头蒸得不好吃，不是发酸，就是偏硬。饺子馅儿也调不好，料没少放，猪油味还是重。至于炒菜，能熟就不错了。有她在家里，炒菜做饭还是小赵的事。老付炒菜也一般，但馒头蒸得好吃，饺子馅儿也没的说。亲家母心野，不乐意在家待着，看一会孩子就溜出去，在公园扎堆聊天。亲家母抠门，也是会过日子，省下钱也是留给孩子。老卫死后，有次老赵一家顺道路过来家里。只这一次，老付心里就不开心，好几年不来，来一次，空手来的。往好里说，人朴实，不懂这些人情。往不好里说，就是抠门。再往深里说，是不是看不起她这个寡妇？老付记在心里，没对小杰说，只对儿子说道。

老付最看不过去的一点是，亲家母不太会说话，对她说小杰的不是。老付不高兴了，顾不上什么情面，直接说，你儿子也好不到哪里去，别说不喊长辈，结婚这么多年，他喊过我几次妈？转过头，老付对小杰说，回了老家，碰到长辈，打招呼，喊个啥，别人拿不去你的牙。说完，又寻思，自己女儿养到这么大，什么脾气她最清楚，从小就不爱说话，连“妈”她都不愿意开口去喊，更何况对外人呢。想到这里，也不生气了。

老付有了孙女，儿媳执意不生二胎。老付先把孙子的名字起好了，等村里迁坟立新的墓碑，老付擅自做主刻上。老付也冒出念头去找亲家老孟，让他们劝说儿媳再生个，给老卫家留个后。但在儿子的一顿训斥下，老付只好作罢。又过了几年，儿媳眼看要到四十岁，老付彻底没了念想，过去的费心劝说，变成了略带不忿的诅咒，一个孩子，看你们老了，谁给养老送终。又说，不听我的，有你们后悔的那天。

孙女长到三岁，儿子一家去了城里，先是租房，到孙女上小学二年级时搬进新房。高层，有电梯，绿化也好。老付由衷欣慰，又觉得花这么多钱买这房子，欠那么多房贷，人活着紧巴。老付踩着木地板，到处一尘不染。儿子把她带到书房，以后你来，就住这间。知道她看电视喜欢躺着，儿子特意把电视放在床的对面。打开电视，调好台，老付躺在床上，床垫也软。她歪头，看着窗外高楼林立间的天空，心想老卫要是还活着就好了，他一辈子没住过这么好的房子。下午，回去的路上，老付对儿子说，哪里都不如我的那个窝。

儿子亲家母身体不好，来这边住了一周的院，回去时想顺道看望老付。这天，老付请了一天假，把家里简单收拾了下，知道老孟喜欢喝茶，拿出儿子留在家里的茶叶，穿上前不久儿子陪她在商品城买的裤子、上衣以及鞋子。上午十点多，听到儿子关车门的动静，她走出屋门去迎，亲家已经来到天井。离上次见面，已经过去八年。那时，孙女出生不到一周。老付说，来一次，多住几天，这么着急回去干什么？老孟说，孩子有孩子的事，咱有咱的事。亲家母说，你没事，也去城里住。老付笑起来，我也住不习惯，别看家里没啥值钱的，心里还放不下。一来一去，这么说着。儿子和儿媳去镇上割羊肉，半个小时后回来，见三个老人坐在马扎上没挪地方。临走，老孟再次邀请老付有空去玩。老付应允，有空就去。几天后，儿子回村，问老付那天和亲家都说什么了。老付说，说闲话，还能说什么。儿子追问，都是什么闲话？老付不耐烦，回了句，你这么想知道，问你老丈人去。那天中午，老付一个人在家吃的儿子买回来的鸡爪。吃完后，她从床头柜里拿出老卫的遗像，坐在沙发上看了好一会。

老　孟

孟家村的老孟生于一九四六年的夏天，今年七十六岁，牙齿还剩不足十颗，但并不妨碍他吃肉，尤其是啃猪蹄。两个女儿多次劝他看牙，他觉得这个岁数，没什么必要，只等牙齿全部脱落，换上一口洁白的假牙。大女儿卫校毕业，老孟托人把她送进医院，当了几年护士，又调到后勤办公室，因不喜欢给领导写材料，不出半年主动申请回到护士岗。如今，她过了四十岁，成了别人口中的孟护士长。大女儿住在城区，相隔三十多里地。早年，大女儿夫妻俩开车回村从不过夜，吃顿午饭歇息片刻就回城。女婿在城里长大，第一次在家吃饭，面对那双摆在面前已用了十几年变成黑色的筷子，犹疑了许久。十几年过去，女婿克服了吃饭上的毛病，但不愿留宿，一来他觉得铺盖卷有异味，二来旱厕上不习惯。也就是说，大女儿结婚后的十八年间，除了刚生育后休产假携幼女在村里住过一阵，再次过夜是拿到驾照敢自行上路之后。大女婿不用充当司机后很少回村，除非特定的节假日，或老两口的生日及礼节上需要他出面的场合。大女儿休班时，偶尔回来住一晚，还是在西屋 —— 她过去的卧室。还是那张单人床 —— 不用和妹妹一起挤着睡了。床对面的书桌上没有了课本，摆着一尊白瓷观音像。

次女嫁到临市，虽然相隔一百多公里并不是特别远，但也属于两块地界，民风习俗不同，方言也需要慢声细语才能听得懂。结婚前两年没钱买车，小两口坐大巴车到县城，再坐公交车到村口。老孟坐在电动三轮上已等候多时。他们回来一次不容易，每次来会住上两三天。二女婿从小在村里长大，生活上没有什么不习惯，且岳母一家爱整洁，做饭也好吃，比在自己家还舒服。赶上农忙，女婿还帮忙干点活，但也不多。一来，老孟家就两亩薄地；二来，老孟年事已高，没过几年就把农田租出去了。次女有了孩子，还没钱买车，一家三口便租车回来，一回来就要待一阵，少则几天，多则一个星期。大女儿离得近，一个月回来一两次，把家里的时令蔬菜带回去吃。次女有了车后回来更频繁些，但每次也相隔两个月左右。老孟心里盘算，两个女儿，一年回来的次数，包括生日和节假日，加起来不到二十天，想念只能寄托在电话中。等次女给老孟买了智能手机，他看着两个女儿发来的视频和照片，去了解她们的生活。这是老孟夫妻闲散的晚年生活中，至多可以寄托的地方了。

老孟的两个亲家，老郑和他岁数相仿，早已从单位退休；老卫比他小十来岁，已经死了十二年。老孟见过老卫三次，都集中在一年内。一是，在两家结成亲家之前；二是，婚礼当天；三是，老卫病重后。老孟和老卫虽见面少，且至今阴阳两隔，但也因为这，两个亲家，他倒是总想起老卫。老孟心里有，从来没和别人说过，对老伴也没说过。老伴小老孟十来岁，常年身体不适，耳朵也不好使，平日里交流多半是吼。晚上两个人躺在床上。老孟说，早点睡。她回，我不喝水。过了七十岁，老孟明白，这辈子不指望有人能考虑自己的感受，年富力强时不在乎，人到暮年就应该有个老头的样子，用活明白的姿态来换点尊重。尊重来自哪里？三个字，不讨嫌。怎么才叫不讨嫌，不在乎得失，把自己空置起来，掏空喜怒哀乐，能没有，就没有。老孟坐在客厅的椅子上，形如镶嵌的木头，因秃头剃光的脑袋，质地因四季阳光强度不同，呈现出从鹅卵石到卤蛋的样貌。他透过敞开的东边卧室门，盯着电视上播放的节目。深红色的电视柜，有些掉漆。包括电视柜，还有一组矮柜，都是亲家老郑过去的家具。旁边那张高椅背的沙发，老孟第一次去老郑家里，就端坐在上面。亲家老卫第一次来家里，也是坐在这张沙发上，除去中间上了两次厕所，从十一点多进门，到下午三点左右离开，老卫没离开座位。老孟看到这些家具，两个亲家的点滴记忆，涌现在脑海中。

郑家三代贫农，到老郑这里，因政治面貌过硬，念完高小后，得到机会在青岛入伍当海军。中苏交恶那会，夜里，老郑（当时还是小郑）在甲板上值勤，咸湿的海风捶打着他年轻的身体，望着夜空中一轮圆月，他没有思乡之情，指导员白天一番慷慨激昂的训话，还在不断冲击他的内心，甲午海战的耻辱，苏修又得寸进尺。汪洋大海中的小郑流泪了，痛下决心要为国捐躯，如邓世昌般撞沉敌舰。仗没打起来，小郑退伍了，分配到船务部门，算是物尽其用，先是维修车间的工人，又选派去进修学习成为工程师，再调到后勤，最后在工会主席的位置退休。几十年过去，老郑常和人说起的还是当海军的日子。不仅是当时年轻，更为了自己有理想，心怀天下，有成就一番事业的可能。头次见面，听老郑讲起三十岁前的日子，老孟只坐在一旁附和，没有追问细节或是进行赞叹，似乎他早已知道。表情上又不想多听，不是不感兴趣，也不是老郑口吻和姿态的问题，老孟感受到被冒犯，更多是自惭形秽。中途，老孟借给鸡喂食，去了屋后老宅的鸡舍。老孟喂鸡只用了一刻钟，为了打发时间，临时起意清扫鸡粪并扬进东边的一垄菜地上。院落中的泡桐树，是后来栽种的，十余年过去，遮盖了大半的庭院。自小种的泡桐树，在他四十岁时砍掉，树面成了一张天然的案板，落了一层剁碎的青菜，生锈的菜刀插在上面。

老孟望着案板，心想自己生错了地方。从根上，老孟就由不得自己做主。他的父亲解放前在乡里当巡警，吃喝嫖赌，大烟也抽两口。他娶妻生子，活到七十多岁，因食道癌命不久矣时，变成一个慈祥的老头，且会说些古怪的故事，让村中孩童们铭记终生。那些发生在他身上久远的丑闻，无法让人们和这个垂暮的老者联系在一起，也早没人取笑他，老孟，啥时候蒋光头接你去台湾。同辈们渐次老去，他也被遗忘了。社会主义把老孟的父亲改造成一个踏实但不勤劳的农民，分的几块地好歹种着。因其身份，殃及后代是难免的。老孟没资格当兵，他一个出了五服的表弟，参军政审，因为这个素未谋面的姨家的表舅，被刷下来，哭着对征兵的人说，我连他人都没见过。老孟的父亲说，谁也不想这样，怪命吧。老孟长到十七八，跑到羊口，在盐场打工，一天能赚两块钱。他当时的念想，转正当个正式工人，不用回去种地。没多久，运动开始，老家派人来抓他，你这种黑五类的后代，要在眼皮底下看牢，人都要吃盐，盐场这么重要的地方，贫下中农的后代都没机会来，你还厚着脸皮干这营生。防止老孟再逃走，公社不无讨好地给他安排轻快的活，不用和其他社员一起下地，并解释为怕他这种坏分子破坏耕地。事情一说，就没头没尾，老孟在村里安身立命，运动结束时，他已四十多，后又在村里当过几年差。同辈之中，大小也算是能人。老伙计们一个个都没了，想到这里，老孟明白，老郑和自己想到了一处，只是极力想争取来自陌生人的尊重。

村里，孟是大姓。本族兄弟比老孟年长的还有几位，父辈们渐老且离世后，主要由他主事，大到弟兄侄子的婚事，小到族内矛盾，以及对外事务交涉。概因老孟那几年在村里大小是个干部，虽没带领村民致富，也无多少政绩可言。好在村民以种植蔬菜大棚为主业，生活还过得去。倒是老孟，为了村里耽误了自己的前程。东乡的老贺，邀请他一起搭伙干建筑队。老孟惦记村里的一摊事，没去。二三十年过去，建筑队成了建筑公司，老贺及其儿子从盖平房到建高楼大厦，房地产项目延伸到了市里。老孟五十多岁从村里下来，盖鸡舍，养蛋鸡，余威尚在。他会办事，能说会道，村民有打官司、出车祸、偷东西进派出所的，老孟总是出面沟通。逢年过节，来家里送东西的不少。过了七十，族人有事再来商议，老孟推托有心无力，你们自己看着办。他只作为长辈享受着过去的荣光，端坐在主位上等待敬酒，以及白事上和账房们在一起运筹帷幄，对礼俗细节把关。这些在亲家老郑的眼中，并不算什么。他早已脱离农村亲戚的牵绊，墓地在城里买好，百年之后自有单位工会负责事宜。老家并不值得他怀念，落叶归根也只是农业文明遗留下的陋习，抛弃也并不可惜。早年间还有老家亲友找上门，与老郑这个所谓的家族能人走动关系。如今，留在老家的直系亲属已经绝迹。老郑的交际圈子主要是进城后由上级领导和下属构成，这些年通过工作接触和礼尚往来，虽没血缘作为纽带，有利益的纠葛也更为牢固。

大女儿出嫁，婚礼当天，除了彩礼及金银首饰外，新人磕头敬茶时，老郑手端蒙着红布的托盘，大手一扯，一沓美元经由摄像机投影在大荧幕上，引来台下一阵不小的骚动。一万美元。老郑接过话筒，把“元”说成“金”，美金。老孟也忍不住鼓掌，为亲家的精心准备叫好。双方的家境悬殊从这美金上就看出来了，老孟内心释然也顺畅。十余年的亲家交往中，老孟并不谦卑和主动向老郑示好，他们保持着我们对亲家的一般认知。联姻，严格意义上的一家人，又各自独立。子女的婚姻顺当，偶有争吵，还算和谐，没给他们机会从中调解。小郑退伍后，进入当地的国企，成为一名保安，岗位清闲，工资收入不高，这很好平衡了夫妻的关系。大女儿是正式员工，赚得并不比丈夫少。在公婆，尤其是跋扈的婆婆面前，也有底气。亲家母身体不好，常年吃药，有儿媳从中求医问药，疏通关系，方便了不少。老郑一个月退休金有七八千，负责日常开销。几年下来，老两口没有孙子，只有一个孙女，多少有些遗憾，但也不至于冒险再生一个，让儿媳丢掉工作。老郑在房价上涨前出资又购置了两套房子，不用的旧家具搬回亲家老孟那里。这几年除了亲家母住院，及外孙女过生日（也只有周岁生日），老孟没再见过老郑。老伴想外孙女，还去城里住过几日。老孟不去，执意留下看家。当地民风淳朴，可以说是夜不闭户，这自然是双方心知肚明的托词。虽不见面，各自家庭及亲友的事情，由子女在中间递话，也都一清二楚。总之，他们秉持着亲家该有的本分和规矩。除了大女儿埋怨几句婆婆，老孟夫妻从中劝导，也几乎没有芥蒂。老郑平时做饭，打扫卫生，接送孙女上学，他性子慢，从不发火。老孟心想，这门亲，算是找对了。

老孟六十一岁那年，动了一次手术。开始肚子疼，没当回事，疼得在床上打滚，硬挺了几天，送去医院查出胆囊炎，快要穿孔了。大女儿说，再晚一天来，就要命了。不论是恐吓，还是确有其事，女儿的泪水是真切的。次女从青岛赶回来，看到腹部缠着纱布的老孟，先是一顿埋怨，后又被老孟的一句——我没胆了（胆割掉了）——逗笑。老孟胖，割开肚子，伤口不好长，在肚皮上留下一道深陷的伤疤。（十余年后，老孟来次女家里住。她终于在四十岁前住进了属于自己的新房。晚上，老孟从浴缸出来，坐在客厅喝茶。上二年级的外孙女，指着他肚子上的疤问，姥爷，这是什么？老孟笑着说，我小时候不认真吃饭，一条蜈蚣，爬到肚皮上，赶不走，死了，印在了上面。）手术后，听从女儿的建议，老孟不养鸡了，她两三个月回一次家，带回一沓装着钱的信封。三年后的清明节假期，次女带回来一个男的——没工作，比女儿还小四岁。不靠谱，这是老孟对老卫儿子的第一印象。

入秋。老卫一家三口，上午八点多出门，坐长途车又倒车，十一点多到了孟家村。老孟见老卫两口子手里只提着那么一点东西，明白沟通出了问题。老孟认为这次见面是定亲，老卫那边觉得就是简单认下门。妯娌们陪着小卫的母亲出去买东西，回来后说，身上带的钱不多，别见怪。几句客套话后，上菜，吃饭。一共两桌，里间是男席，外间是女席。老卫坐在里间，老卫媳妇坐在外间。老孟两口子不发言，只指挥吃菜，听弟兄和妯娌们一一发问。老孟一眼就看出来，老卫是个本分的农村汉子，也是个没什么本事的人。席间，老卫在被问到彩礼、房子、车子等问题时，说了句托大的话，手头确实没有，但有力气挣，结婚后肯定给买。女儿十一假期在老卫家过的，老孟对他家的基本情况早已耳闻，这会，耳闻与眼见对上了。老卫喝酒爽快，几杯酒下肚，自言道，没太大本事，卖力气赚钱。又说，不会让孩子吃亏。酒后，老孟和老卫两只手攥在一起，彼此的方言有些难懂。老卫话多，脸上的褶子看着也亲切起来。相差十几岁，老卫喊着老哥，老孟称呼老弟。老卫泛着泪光。这心情老孟懂。两只粗糙的双手，感受着彼此的温度。老卫双手开裂，贴着胶带。老孟心想，大半辈子，他也是这么过来的，冷暖也都在眼下的家业。临走时，老卫腿脚有些晃，老孟搀着他往门口边走边说，这次喝得有点多。老卫说，下次也去家里看下，粗茶淡饭，别嫌弃。老孟说，这话就见外了。夜里，老伴说，我和小卫的妈同年同月，还是同一天的生日。老孟说，三百六十五天，中国人这么多，同一天生日有什么好稀奇的。老伴又说，亲家不能。老孟说，你也不当官，也不是财主。又对着黑夜说，以后的日子，他们自己过。

腊月。结婚前夕，考虑到两家相隔一百多公里的路，早上接亲赶早，人困马乏，走高速，担心路上出意外。双方商议好，这边的亲友提前一天去。老孟租了辆中巴车，从为数庞杂的亲戚中选出十来个跟着去临市。老卫让女婿小赵在县城订了三间房，接亲地点定在女婿家里。老孟看着布置好的婚房，用别人的房子给自己的女儿过门，心里多少有点不舒服。晚上，在旅馆楼下的饺子店吃饭，转桌上的几盘饺子冒着热气，众人脸上挂满对这次安顿不甚满意的表情。旅馆没暖气，老化的空调外机发出阵阵噪声也没有让房间里多升几度，一人盖上两层棉被再和衣而睡。凌晨三点多，众人去婚房。女儿穿着洁白的婚纱，化妆完毕因担心补妆，饿着肚子端坐在铺着红色床单的大床上，笑着喊了声，爸。老孟应了一声，出来坐在客厅的沙发上，听着母女俩小声抽泣，等暖气让身上逐渐舒展。接亲队伍拥上来，一番热闹，老孟喝下女婿端上的茶水，离开沙发让给他们坐下吃饭。婚庆公司拍下的视频中，老孟被挤在一边，面对着前方热闹的场面，踮起脚张望了几眼，意识到自己被拍，赶忙遮住脸退出画面。

老卫在村里各种人情世事积攒下口碑，来帮忙的乡亲不少。凛冽的冬天清晨，乡邻们冒着严寒挤满这个农家的小院，因早起面容倦怠，双手裹紧棉衣挤在一起看热闹。新人交换戒指时，地摊上买的十几块钱的大戒指引来众人的起哄。新人沉浸在相互的承诺中，亲吻时毫不羞怯。围观的众人想到自己结婚时的扭捏，心想风气确实不同了。老卫头戴棉帽，说感谢政府，感谢党，引来一众哄笑。新晋的婆婆——老付——这个平时略显自强和泼辣的妇女，拿着话筒，面对眼前一张张熟悉的面孔，怯场到一句话说不出。这些，老孟并不知晓。彼时，他还在老卫女婿的家中，因起床太早，在沙发上昏昏欲睡。

酒席安排在村里，客厅腾空放置了两张圆桌。北面的墙上挂着亲戚们送来的红色床单，一条条规整挂下来，上面贴着账房书写的名字，如舞台上厚厚的幕布。冷风灌进来，菜肴陆续端上，没一会就凉了。老孟坐在主位，老卫在旁边作陪。老卫脸色发黑，连熬几日，睡不好，交给晚辈做的事，他又不放心，事必躬亲。这场简陋的乡村婚礼，处处凝聚着他的心血，也是他能力所限。新人来敬酒，一一喝下。老卫说，亲家，礼数不周。老孟客套道，很好。有人吃饱喝足离席，宴席陆续也就结束了。老伴去卧室和女儿说话。老孟独自走出门。旁边搭建的帐篷里，厨师长正和几个村民喝酒。他绕到屋后，碰到一个村民，问道，往西走是哪里？村民说，那是铁道，再过去是披甲村。又问，你是谁啊？老孟指着老卫的宅子说，我是他亲家。村民说，大喜的日子啊。老孟说，嫁闺女，喜不出来。回去的路上，老孟看着车外，年轻时他到这边的窑厂拉砖，四十多年过去，一切都变了。回程，上了高速，老孟一路睡到家门口。中午饭菜咸，回家后老孟沏好茶。邻居来串门道喜，问起婚礼的情况，老孟说，风俗不一样。折腾了两天，人困马乏。老伴喝了布洛芬，早就睡下了。老孟一时没睡着，想起白天酒席上的一件小事，老卫五岁的外孙女把筷子扔地上。大伙问，怎么了？她指着老孟六岁的外孙女说，她把糖都吃了。当时没觉得有什么，如今想起来，老孟如鲠在喉，半宿没睡着。

老卫查出肝癌晚期，人一下子就不行了。时日不多，再不通知亲家来看一眼，礼节上过不去。刚过去大半年，屋里屋外，早已没有新婚的痕迹。老卫躺在客厅西南角的双人床上，身上盖着薄毛毯，一早上就等，没让自己睡着。见亲家进来，他努力想坐起来，老孟抢先赶到床沿，让他别动。老孟说，老弟，才半年没见，你怎么这个样子了？手不敢紧握，只是托住。老卫想说话，含混不清，像活了几个世纪的老者。不说，老孟也明白了大概，先前老卫说的话，做不到了，赚不来钱贴补孩子。老孟擦了下他眼角的泪，别多想，好好养病，会好的。老卫点了点头，病入膏肓的身体已不足以支撑他多余的动作，只能目送亲家坐在床对面的沙发上。茶几上切好的西瓜，没有人去吃。老卫睡着了，或许也在听，但这并不重要。亲家母悄声说起病情，回避“癌症”的字眼，老卫并不知道是患癌。没说几句，亲家母开始掉泪，又说，这么远的路，麻烦你们过来。老孟说，早知道他不能喝酒，就不应该劝他喝。不出半个月，老孟接到女儿电话，说老卫走了。老孟两口子又由大女婿开车过来。小卫见到老丈人，跪下哭着说，爸，我爸没了。灵堂前，老孟跪下，对着老卫的遗像磕了三个头。

十一年后，老孟来女儿家住。老伴住院，由女儿陪床。这天，小卫领着老孟，来到小区旁边的齐盛湖。阴天，下着小雨，两个人沿着塑料跑道走，经过一座桥，小卫让老孟扶着桥栏拍照。老孟一只胳膊伸直去够桥栏，脚站在桥面上。女婿拍完后问，爸，你姿势有点别扭，再拍一张吧。老孟说，别拍了，我怕水。小卫说，没听你说过。老孟说，从小就怕，看到这么多水就头晕。下了桥，继续走。老孟说起以前的事，不到二十岁时，自己在盐场打工，干了没几天，厂长看他机灵会来事，就让他当班长。又说，我那时候，就想留下当个工人。没几天，公社派人要把我带回去。我生气，不愿回去。老孟说，盐场靠海，我不怕，可我不会游泳，我要会的话，我就跳海里，游到对岸。小卫问，对岸是哪里？老孟说，管他哪里，也比在家里种地强。中午，小卫割了两斤猪头肉，又下了一盘速冻水饺。老孟倒了一小杯白酒，抿嘴喝，说起老卫，你爸，我见了三次面，第四次只见了张照片，他长什么样，我都快忘了。小卫从手机里找出老卫的照片，递给岳父。九月份，老卫站在地头，玉米已经比人高。老孟拿出老花镜，戴上打量着，怎么感觉变样了？小卫说，他这会儿刚过五十岁。

丧偶

1

老婆死后半年，张因兵打算相亲。我知道从至亲的死亡中恢复需要多久，比如我的父亲已经死了十年，直到现在我也不能说完全走出来，也从未对父亲的死亡感到一丝的庆幸。从老婆的死亡中恢复需要多久呢？我并不是质疑配偶是至亲的这一身份，需要正视的问题——这和是否有血缘关系还是有所不同的。从法律角度来说，一个人死后，亲属的继承排序，先是配偶。这说明，配偶是比有血缘关系的直系亲属——父母、子女、兄弟姐妹——更为重要的一层关系。配偶反目成仇的不在少数，这么来说，另一方的死亡，不是大快人心，也是一种解脱。就我了解，张因兵夫妻不至于是仇人，但作为一个旁观者，还是觉得老婆死后半年就动了相亲的念头，多少有些操之过急。张因兵在殡仪馆扶着棺木哭得上气不接下气，被亲友强行搀离的画面还历历在目。与其相衬托，我们安慰的话语也还在飘荡。是的，我们希望他坚强点，早点走出来，迎接新的生活。张因兵也正是按照我们的愿望去做的，我们应该感到欣慰才是。但是没有，闲言碎语已经在朋友间传开。我接到李红的电话，这位房产中介因每日推荐各类房源，嗓音已从高中时的温柔变得有些沙哑，用词也过于书面。她虽尽力掩盖，我还是从她略带愤慨的语气中察觉到了兴奋。张因兵对她寄托得更多，不仅是通知，还让她介绍女的。这些年，我们这些高中同学甚少来往，尤其是女同学们嫁为人妇后，她们的业余生活都以丈夫为中心，我们这些男同学也自觉与她们保持距离，偶尔的问候让同学情谊在职场的残酷和人情冷淡中更突显珍贵。交谈到最后，李红因无法面对死去的苏雪，决定不给张因兵介绍对象。她站在女性的立场不忿地说，你们男的没个好东西。

在我有限的人生阅历中，早已发现了一个规律，不论在乡村还是城市，无所谓年龄和身份，配偶中丧妻的总是更短时间内再去求偶，而女性丧夫后若不是有特定的需求，比如儿女年幼需要去养育，多半不会再嫁。这一现象透露出一个很有意思的社会学的问题，我当然无力或者没有兴趣去解释这一切，显然张因兵是一个很好的研究对象，有助于去了解背后的问题。我也是在这个动力的驱使下，对鳏夫张因兵的相亲事宜热情关切起来。为了避免引起不必要的争论，以及好事者的挑衅，必须要声明的是我没有任何偏向性，不会固执且迂腐地认为，丧偶就必须在痛苦中沉沦，抱着贞节牌坊守身玉如，这和父母死去守孝三年一样不可理喻。寻求新生，不是世风日下，并不需要进行道德上的谴责。谁能保证我们不会有丧偶的那天，而且至少一半的人是要面对这件事的，而另一半的人是死去的那一方。总之，心平气和一些吧。

如今大家观看了花样百出的交通事故短视频后，对突如其来的车祸场面并无多大的触动。苏雪至亲之外的人，面对她的死亡，触动只剩下单薄且无奈的几句感慨——真不幸，命不好而已。那些上了年纪阅尽风霜的人，话语更为刻薄，内核是一致的——命不长，该当要死。身为县城交通肇事科科员的蔡青，在办公室走廊上看到憔悴的老同学张因兵时主动帮了不少忙，大都在职权范围内，行方便但不妨碍公正。如今的条件，行车记录仪和道路监控都在，大家也越来越懂法了，可操作空间太小，确实只能帮到这里。事后，蔡青如此向他解释。我们边谴责蔡青偷录车祸监控并在同学间散播的行为，边感慨命运对苏雪的不公。这与我们平时在网络上的冷漠大为不同，因为内心所受到的冲击、对生而为人产生的怀疑，怎么说呢，一连好久，我在半梦半醒间都感觉自己要失控撞向行人。后来每次经过路口时，我都有些犹豫。我都这样，就更不用说张因兵了。苏雪死后一个月，张因兵约我出来吃饭。餐馆声音嘈杂，他的表情和言语融杂在砂锅的热气腾腾中。我在他垂泪说着车祸前后的细节时，脑海中温习监控画面，最终我还是忍住没说已经看过苏雪的车祸视频，没必要让他在丧妻的痛苦中再对同学情谊心生灰心和愤怒。任何糟心的事都应该远离我这个生活不顺且饱经磨难的老友。

暮春的早上，苏雪照常骑着电动车从城区南边的家中出发。七点五十分，在消防大队门口的十字路口，苏雪被一辆速度并不快的轿车撞倒在地。围观群众从苏雪的制服——黑色西装上衣和黑色短裙——认出她是路对面佳物超市的导购员。一公里外人民医院的救护车鸣笛使早高峰拥堵车辆依次让行的画面，当天就登上了融媒体的公众号和电视台的新闻栏目。在创建文明城市的大背景下，用以彰显日益提高的市民素质。至于车祸和苏雪本身，报道在文末提到，希望伤者早日康复。肇事司机在联系张因兵时颇费一番工夫，公交公司明文规定司机在出车时间不能接打电话。市内326路公交车，从市区北郊出车，经停市区的十几个站点多为拥堵路段，上午十点左右抵达市区南郊的公交车站时，苏雪已经死亡一个半小时。看着手机上有几十个未接电话，张因兵感觉不妙，先前在华光路义乌商品城路段，他的肩膀突然沉了一下，似千斤压顶，并伴有持续数秒的头晕和呕吐，他立刻急刹车，还遭到乘客的一阵抱怨。确认噩耗后，他相信那是亡妻的提示，心灵感应是存在的。张因兵闷了一口酒，自语道，车速也不快，她没戴头盔，人怎么这么脆弱，碰巧了真是。他抬头看着我，你说她为什么这么着急呢，就差那么几秒钟吗，非要闯这个红灯。张因兵确实没办法把怒气撒在肇事司机身上。同为司机，面对闯红灯等不遵守交通规则的人，还有什么可说的。肇事司机三十出头，人窝在墙角，埋着头，身上穿着工作服，见到张因兵一直哭着说对不住，比张因兵哭得还凶。后面去处理事故，都是他堂哥出面，说这孩子受了刺激。真假不清楚，确实也倒霉，车买了才两个多月，出了这事，考虑把车卖掉。苏雪闯红灯负全责，交警进行协调，对方出于人道主义给了两万抚恤金。张因兵说，他们也是买个心安，好歹也是一条命。张因兵把钱给了苏雪的父母，失独的滋味不好受，天天哭。张因兵说，去了就是哭，后来苏雪的爸和我说，没事别来，看到你更伤心。苏雪脾气是急了点，但人善良。说到这里，张因兵又重复了一句，是急，干什么都急，怕误点。

我并不满足于上面的这些细节，张因兵只好又对我说了些后续的事情。我明白他需要有人向他打听这些，在讲述的过程中把内心的悲痛释放那么一些。这和事情刚发生时的状态不同，当时大家的关心更多的是出于好奇。不出几天，他们对这些失去了兴趣，只会在偶尔碰到时问候几声。当我再次追问时，的确有些担心张因兵认为我并不是关心他，只是在搜集素材，日后把他的经历写到小说里。

不是的，或者说并不局限于此。我愿意陪着张因兵温习这些细节，去沉浸在类似的痛苦中，哪怕只能消解几分。接下来张因兵对我说的，是仅限于亲属而不是我作为好友所能参与进去和有资格知道的。他的坦率，让我感受到一种久违的真挚。我想到多年前，还在念大学的张因兵坐火车去西安找当时暗恋的女同学，中途他遇到推销手机的，从不多的生活费中花了几百块钱买了块手机，上车后发现手机被调包了，他拿到手的只是一块样机。我在电话中嘲笑他这个警校学生的弱智行径，问他有手机还买什么？张因兵委屈地说，我想送给你，你的手机都那么破了。十几年过去，无疾而终的学生恋情早已经成为笑谈，丧妻之痛又需要多久去愈合呢？

苏雪一身黑色躺在病床上，鲜红的血迹从简单包扎的后脑渗出，面目安详，只因脑袋充血有些青紫。张因兵把苏雪挪到空置的房间，等待更多的亲属到来。他想不明白这事怎么就发生在自己的身上，手足无措又捶胸顿足，努力克制使哭声不要太大，眼泪涌出，磅礴到整个世界都被淹没了。过了好一会，想到永远也见不到苏雪了，这是最后的共处机会，张因兵扑倒在苏雪的怀里，双膝跪在瓷砖上，放声大哭起来。直到苏雪的父母闻讯赶来，扑向死去的女儿，张因兵被挤到一旁。苏雪的身体在晃动，后脑又流出了一丝血迹。苏雪的母亲哭晕过去，岳父陪着去做检查。张因兵打来一盆水，用毛巾擦拭苏雪的身体。他从未这么仔细地打量过妻子的身体。婚姻五年，交往一年，六年的时间，即便是在对彼此身体都处于感觉新鲜和乐于去探索的时期，张因兵也都没有这样去观察。苏雪总是羞于展示自己的身体，性事上习惯关灯。婚后太过熟悉，也丧失了热忱，就算是不经意看到她的身体，目光也不多做停留。苏雪比张因兵小三岁，总是想着节食和减肥，身体一向消瘦。张因兵不敢太过用力，毛巾从苏雪的身上轻微掠过。褪下内裤，翻身穿寿裤时，张因兵看到苏雪的臀部因注射孕酮留下的细密针眼，眼泪再次涌出，滴落在她的皮肤上。

结婚五年，前面三年，张因兵和苏雪没考虑过生孩子，或者准确说，是没有特意去对待。夫妻生活上没有采取安全措施，怀孕就要，没怀孕就这么过下去。两年过去，苏雪肚子一直没动静，身边的朋友逐渐为人父母，双方父母有点坐不住了。张母那句，让苏雪去检查下，引发了婆媳间的第一次冲突。为什么不是你儿子不行呢？张因兵夹在婆媳中间忙说，我不行，肯定是我的问题，我去检查。这段画面，在此后我们的聚会中被他反复提及，用来佐证婚姻生活中的辛酸和无奈。又这样过去了两年，夫妻生活不再是源自欲望本身，而是在长辈期盼后代延续和证明自己有生育能力的双重夹击下完全变了味。张因兵和苏雪默契到只采用侧后方的姿势——省时省力。性事过后，双方背过身捧着手机。两张疲惫、虚无的脸孔，在黑夜中需要从更为虚幻的网络中寻求安慰。每个月，苏雪还是固定来月经。大半年前，他俩去了医院，一个精子活力太低，一个孕酮过少不能正常排卵。再三考虑，他们决定人工受孕。如今张因兵看着苏雪身上的针眼，想起他们去医院排队做检查，打针，以及憧憬孩子的画面。五年的婚姻最让他难忘的，是这半年来他们有了共同的目标——孩子。为苏雪穿上寿裤的瞬间，张因兵的目光落在她洁白微隆的小腹上，不知是错觉还是苏雪死后月余回忆变得不可靠，肚子的确比平时大了些。

我为张因兵分享这些细节而欣慰的同时又觉得不太对，这是否对苏雪有些不够尊重，确实过于隐私，也可能是我杂念过多，内心不够纯粹。最根本的一点，我没有任何幸灾乐祸的成分，只要如此就不算是对苏雪的亵渎，而是发自内心的缅怀。张因兵说如果他俩早点怀上孩子，苏雪成了全职妈妈，不用去上班，也就不会出车祸。又说，自己精子活力过弱，也是公交司机的职业病，一天坐十个小时。如果前些年他不是炒股亏了那么多钱，就不用当公交司机。张因兵在市区住宿舍，和苏雪两地分居，每周只能回去两次，晚上到家八点多，第二天一早再赶回市区。他申请调回县城，也一直没消息。就在上周，考虑到家里出了这么大的事情，公司才准予。张因兵心里清楚，公司是担心他开车走神闯祸而已。去年有个司机，因为被罚，两个月不能上岗，没几天就在家里上吊死了。公司也没什么额外的表示。现在，张因兵倒不想调回城区了，一来，宿舍也住习惯了；二来，回到家，到处都是苏雪的影子。自苏雪走后，家里一切保持原样。让岳父母把东西带回去，说了多次也没行动。现在的家，俨然是苏雪的遗物展览馆。

桌上的砂锅彻底凉透了，我专门为张因兵点的爆炒腰花也没怎么动，凝固成黑乎乎的一坨，散发着膻味。我示意他动筷子，张因兵又动手拿来了瓶啤酒，自顾倒满。我仔细观察着他的脸，想从中注意到一些细节。这些年我们来往生疏，生活把我们推到了如此的境地，再也不是单身那会，可以心无旁骛，把友谊看得如此重要，在彼此的身上寄托沉重的情感，也不是我们高中同在一间宿舍，朝夕相处，更不是大学刚毕业那会同居，每天分享彼此的事情，观察到细微的情绪变化。慢慢地，我们一个月见一次，几个月见一次，再到一年也见不到几次，对自己身上发生的事，也失去了及时和对方倾诉的兴趣。只待在出神的一刻，意识到好久没见面了。即便见面吃顿饭，对坐喝酒，所说的也多为对生活的抱怨。分享一些得意的时刻，也立刻会在对方的表情中看到一闪而过的失落。希望朋友过得好的朴素愿望，并不能冲散对自身的怀疑。生活中的不如意将我们紧密团结在一起，这样的友谊更为牢固。

我早张因兵许多年体验过丧父，悲痛已经被时间强行愈合，几道浅显的伤疤再去显摆，来比对他的遭遇，显然是不妥当的。我搜肠刮肚，想找到一些不幸和不顺的事情，又那么徒劳，无非感情不和事业不顺，这又算得了什么，拿出来只能矮化苏雪的死亡。我见苏雪的次数不超过五次。相应地，张因兵见我妻子的次数也大致如此。她们也并不愿意参与我们的酒局，在她们看来，我们这些男的无非就是喝酒，追忆过去同学情谊，枉自讨论国际政治局势。我们也从不强求她们跟着赴会，有些话题还是她们不在场为好。我对苏雪的了解极其有限，礼节性场合都有一定的欺骗性，如同张因兵认为我妻子脾气好、温柔、懂事、体贴，当然这些都曾出现在她的身上，只是我越来越不配她继续保持。那我眼中的苏雪，也是如此。我们都有和自身条件相匹配的家庭生活，普通又珍贵。当张因兵摇晃着身子走出饭馆时，那佝偻的后背、艰难的步履，和一个月前，他从停尸房抱着苏雪的遗像出来时的样子重叠。当时我站在告别厅的一侧，张因兵背对着我，正面对着亲友抬着的担架，被人搀扶着后退。冰冻了一宿的苏雪被白布覆盖，置身在阳光下。我刚要迎过去搀扶张因兵，妻子拽着我胳膊，扑在我的怀里哭泣。我抱着她。张因兵抱着遗像。

我和张因兵站在刚下过雨的街边，挥手告别。我回家，他回宿舍。妻子照例给我留了门廊的一盏灯。一会，妻子从卧室悄声走出来。她表情耐人寻味，没有过去我这么晚回来该有的怨气，还罕见地为我倒了一杯热茶。她双手支着头，那种期待的眼神，我已经很久没有看到了。当下的处境让我内心满足，女儿在卧室里酣睡，妻子在我对面。我想过如果丧偶的事情发生在自己身上会怎么样，妻子也肯定这么想过，答案是我们很难去承受。女儿失去父母任何一方，怎么办？简直是无法想象。我说张因兵的状态很糟，他垮掉了，如果是我，我也会垮掉。妻子沉重地叹息了一声，在寂静的夜晚，深远又可怖，似乎我的死亡也近在眼前。追问完细节，我和妻子在一件事上达成共识，悲痛总会过去，而张因兵也会再婚，他才三十多岁。妻子说，你们男的，就是这样。自从妻子在公众号上见多了杀妻杀女的各类极端案件后，对我或者是男性的期望值确实没多高了，并不时对我说，实在过不下去，好聚好散，没必要下死手。

离上次和张因兵喝酒，又过去几个月。当我把张因兵打算相亲，并让我帮忙介绍对象的消息告诉妻子后，她冷笑一声，我说的什么，你们男的就是这样。我问，那你觉得，死了老婆后多久相亲才合适呢？妻子说，这才半年。又问，他为什么要相亲？我说，总不能一直这样过下去。妻子说，不对，没那么简单，就算想找，也不用这么大张旗鼓求人介绍，这太不正常了。那天晚上，我和妻子喝掉了一壶的茶，在张因兵求偶的问题上争持不下。我不想用我和妻子各自固执且有明显偏向性的对话来浪费各位的时间，总之我们谁也没有说服对方，如同张因兵和苏雪在我们的身上附体。我也想跳过后续我为张因兵介绍了个女士，以及他俩相亲的整个过程，我打算另开一篇文章继续探讨。这篇文章的主题无疑应该是苏雪，再去冲散她这点版面是不合适的。可以透露一点，我得到的最新消息，他们相处了没几天就分手了。最后我要说的是另外一件事，许久后，张因兵痛斥我介绍的相亲对象。在我的逼问下，他犹豫再三终于告诉我，他决定立刻找个伴侣的缘由。苏雪死后半年，张因兵终于有勇气回到他和苏雪的家，并且修好了车祸现场被摔坏的手机。

2

前几天，张因兵对我说，他恨不得在胸前挂上征婚启事的牌子。我在电话里笑起来，安抚他没必要这样，又忍不住去设想，牌子上要写的文字：张因兵，三十三岁，一米七，丧偶，无子，身体健康，有房有车，寻觅一名性格温柔的有缘女士组建家庭。这话从他嘴里说出来，一来，消减了这件事原本的悲情成分；二来，又准确向我传达出他的迫切。我们的朋友大多结婚生子，可选择的面有些窄了，同样丧偶或是离异的更合适张因兵。至于还没找对象的，又年龄合适的，多少有些隐疾，对婚姻不感兴趣，或是不愿意将就。张因兵显然没有出众到让人一见倾心。张因兵说，我怎么就不能找个年轻的呢。他说了些自己的要求，年轻貌美，知书达理，孝敬老人，家境殷实。伴随着我的“嗯嗯，你继续说”，他语调越来越低沉，最后加上一句，不一定都满足。我想他没说出来，却更重要的一点是，怎么也要比苏雪的条件好些吧。这次通话，像过去张因兵在丧偶的日子里频繁的电话一样，只是单纯地向我倾诉，并没有寄予太多的希望。生活照常，我也等待着他下次的抱怨。又过了十几天，张因兵告诉了我一件事，让我改变了态度，帮他热心张罗起来。

张因兵讲得比较简单，这情有可原，任谁也不愿意过多地讲述一个与亡妻有过不轨行迹的男人的见面。死无对证是一方面，无法深究或者发泄愤怒，而且还被一种对死者的缅怀情绪左右。我完全理解，他那怒不可斥却又懊恼自责的语气和态度，我也没在细节上深究。接下来我所说的一切，是对张因兵语无伦次发言的整理，以及对这次颇神秘且富有张力的见面的一次文学化虚构，其中所夹杂的不论是出于善意，还是超过常理的不解之处，都可以用一句轻描淡写的“天下之大无奇不有”来掩饰。过了许久，再去回望，我更多的感受倒是，事情这样，倒是契合，不然应该怎么样呢？后一句，也是张因兵去拥抱这一切后的感悟。

手机修好后，张因兵看到许多苏雪好友在半年前发来的慰问信息，多半是先求证——听说你出事了——过一会再发来双手合十以及点蜡烛的表情。目不暇接的蜡烛，让张因兵平复下来的心情再次被悲痛侵袭。他又翻看了苏雪的相册，从中了解到了妻子的另一面。手机中以苏雪滤镜下的自拍为主，皮肤晶莹剔透，粉嫩到如同一个娃娃。毫无血色过度异化的照片，让张因兵联想到玩物。总之，充斥着对女性的亵渎。这种想法，让他有些自责，又劝慰自己，这是大众爱美的表现，并不应该多做苛责，只是苏雪从来没发给他看过。其中有几张苏雪和姐妹们聚餐的照片，一帮人在KTV的包间里，迷醉的脸上贴着缤纷的灯光，摆出妖娆的姿态。细看之下，有一个女的底裤都露出来了。聚会中并没有男性，或者有，但没在照片里。张因兵发现近两年，尤其是自他在市区当公交司机后，对妻子的生活是如此缺乏了解。苏雪和自己的聊天中，也都是“吃饭了吗？”“几点回来？”这些日常问候，连对彼此的称呼都省略了。不知道从何时起，他们回避分享彼此的生活。张因兵出车期间不能接打电话，在有限的空闲时间，他虽手机不离身，但都用在刷视频和追看网络小说，有紧急的事情，他喜欢和苏雪通电话，几句话说完。张因兵想有一种更为独立的生活，在婚姻中保持着弹性自由，这也是他这两年一直对调回县城热情不高的原因。这话另说。

每个人都有隐秘的事情，即便是夫妻，也不应该完全袒露。张因兵寻欢时，妻子也并没有如他所设想的下班回到家，吃完饭呆坐在床上沙发上看手机，或是早就睡着了。有不少次，苏雪微信回复得慢，或是没接电话，措辞一般都是躺在沙发上睡着了，或是没看到。她总是缺觉，白天在柜台前站着，可能需要说太多的话。刚认识那会，张因兵约吃饭，提前去商场，看到苏雪站在卖化妆品的柜台前一番殷勤讲解，顾客还是不为所动走了，苏雪在背后翻白眼的样子，可爱又可笑。那时，他俩还没熟悉彼此的身体，在对方面前谨小慎微地收敛自己的粗鄙，虽知道未来会结婚，还是有足够的热情去等待。

苏雪的手机相册里有一张聊天截图，晚上十点左右——这是苏雪惯常入睡的时间——陈师傅问，睡了没有？苏雪说，还没。又说，时间过得真快，我们四天没联系了。陈师傅回道，我哪有你时间自由。又说，这会刚有点时间，在想你。苏雪说，都是我在想你。张因兵找到陈师傅的微信，之前的聊天空白，苏雪出事后，他连问了几天，在吗？最近怎么样？你怎么不回我信息？手机也不接。再然后，就没消息了。他打开陈师傅的朋友圈，空白、横杠，他克制自己的愤怒，回了一个句号，对方已经不是好友。张因兵在手机相册里，找到一张陌生男人的自拍照片，他对着镜头面露笑容，刻意抿着嘴角，不至于露出牙齿，面容算不上英俊，对比张因兵晒黑的肤色，又多了一份儒雅。他戴着眼镜，穿着一身蓝色的圆领长袖，背景是书架，具体什么书看不出来。张因兵立刻判定，他打不过自己。这当然并不完全依赖张因兵在高中是体育生，大学念的警校，有过系统的锻炼和降伏的功底。这个男性直觉，让他心里多少好受些。他又端详了一阵陈从忠，想弄明白苏雪为什么喜欢他。陈从忠脸上流露出的表情，真切地刺痛了张因兵。

张因兵和苏雪没有互查对方手机的习惯，婚后五年来一直信任对方。张因兵在微信的支付账单上，没有发现酒店开房以及额外的消费，或者是她定时清理了，也有可能这些消费是男方支付。苏雪两千多的底薪，提成不固定，细算下来，每个月能有四千出头，这和张因兵差不多。他们没有房贷，没有孩子，除了张因兵婚前炒股赔了二十多万，每个月要还两千左右的贷款，他们的生活安定，各自留着花，互不多问。在一些大额的家庭支出上，也多半由张因兵出。苏雪作为独生女，并不是那种大手大脚的人，和其他同事在首饰柜台前因为见多了有钱的顾客多少有些势利不同，她身上保持着一份难得的朴实。结婚时，由女方陪送的马自达留给张因兵开，她上下班骑电动车。想到这里，张因兵心生怜悯，如果苏雪早点考驾照，会开车的话，就不会骑着电动车被撞死了，即便是出车祸，她坐在车里也不会死。不过又一想，从家里到商场，短短几公里的路，苏雪为了方便还是会骑电动车。死亡是注定的。张因兵放下手机，躺在沙发上叹气，对面的墙上还挂着他俩的结婚照，因修图过度面目失真。苏雪穿着洁白的婚纱，让他想起在医院里，覆盖在她身上的白布。他无力再去改变房间里的任何陈设，血液已被抽干。

张因兵请了病假，关在家里，几天都没出门。如果说半年前苏雪的死亡，对张因兵来说是痛彻心扉，那这次就是心如死灰。就算是苏雪再死一遍，他都不会如此难受。他充斥着无数的念头，从要手刃陈从忠，到告诉苏雪的父母，最后他终于说服自己，犯罪和自暴自弃都不值得，他应该更好地去生活，要活得更好。他丧偶恢复了自由身，可以再去选择。想到这里，不论是为了报复苏雪，还是出于对新生活的期盼，他逐个给朋友打电话，要求给他介绍女人。

见完陈从忠，张因兵告诉了我事情的经过。如今我再回味张因兵对我所说的一切，大概能理解他为什么言语如此急迫，神情慌张到像是自己才是做出见不得人的事的一方，因为出于男性的耻辱。若不是非要找我去倾诉，以排解内心的郁结，任谁都不愿意说出这点事。我没有辜负他对我的信任，对他所表现出来的克制和体面，进行了一番鼓励和表示敬佩。他的眼神中闪过一丝诧异和对我的怀疑，在点烟时手颤抖着，脑海中大致也闪过另外一种可能，也是绝大多数男性身处他的位置更合乎情理去做的，应该教训这个陈从忠的，勾搭你的老婆，这口恶气也忍得下去？绿帽子都戴在头上了，还能和他见面，有什么可说的。我对他俩会面的交谈内容感兴趣，强忍着没有去打听，一来显得婆妈，二来也要照顾朋友的脸面。我所知道的，都是张因兵主动对我说的，我不知道的，也就和我们每个人不愿诉说的秘密一样，植入我们的肉体与精神，融为一体，在此后的人生中作为一份谈不上宝贵的经验，暗合我们的秉性也左右未来的行径。我绝对不想把张因兵塑造成懦弱的人，这并不单纯是因为我们的友谊，我更激赏的是他在这件事上所表现出来的沉稳和理性。不论苏雪和陈从忠有什么不可告人的过往，缺乏证据是一方面，暧昧并不那么容易记恨，若说对婚姻的不忠，张因兵此前多次寻欢又该如何去认定。

据张因兵说，是陈从忠电话打到苏雪的手机上要求见一面，电话中温柔的语气，以及对苏雪的缅怀，一时也让他无法拒绝。我心想，这里面还有另外的用意，一来，张因兵需要让自己解脱，与陈从忠一起缅怀苏雪显然比和我们这些老同学要更深入一些；二来，他要给自己找个说法，具体两个人是什么关系，这个陈从忠要求见面的目的到底是什么。我想不明白他俩具体见面的情形，这次见面有太多耐人寻味的地方。比如，张因兵同意见面时的心理活动，是谁定的见面地点，谁先到的，又是谁付的账，见面后谁开口说的第一句话，这句话是什么，等等，都是琐碎和不值一提的，但在我看来，这些更值得玩味。张因兵略过了我所关注的这些细节，大概也觉得这并不重要。陈从忠不到一米七，机关科员，负责给领导写报告。从茶楼出来，走向停在路边的汽车时，张因兵注意到陈从忠脚步很轻。点上茶，张因兵抿了一口，感到烫嘴时，陈从忠说他的老婆也死了。这话有些突兀，没有前因后果，但有足够的分量，让这次谈话的重心发生了明显的偏离，起码把张因兵心中的怒火顿时浇灭了多半。两个丧偶的男人，共同的不幸让他们的内心靠近。去年夏天，陈从忠的老婆在晨跑时由于地滑仰头摔在地上，磕到后脑勺。陈从忠说，我们正在备孕，她身体指标不太好，医生让她减肥。她晨跑，六点多出门，绕公园跑两圈，二十多分钟，七点多没回来，我八点过五分接到电话。一个晨练的老头发现她时，蚂蚁在鲜血的周围形成了队伍。张因兵也分享了苏雪的死亡，细节具体到被什么样的车撞了，肇事司机怎么懊悔，略过他清洗苏雪身子穿寿衣的片段，重点放在苏雪的手机以及微信的聊天上。说到这里，留下话头，递给陈从忠，让他坦白。

苏雪是陈从忠的相亲对象，瞒着家长曾交往了一阵。不长，大概有半个多月。没到谈婚论嫁的程度，概因陈从忠的父母认为苏雪的工作一般，配不上儿子公务员的身份。这是张因兵从陈从忠那句“条件不合适”揣摩到的。陈从忠又说，去年我老婆死后，苏雪看到我发的讣告，偶尔我们会说几句话。丧妻之痛，内心脆弱。陈从忠承认，过去了六七年，他对苏雪一直有好感，但仅限于此。张因兵复述至此，露出轻蔑的笑容，问我，他这么说你相信吗？我说，法律还讲疑罪从无。张因兵说，话是这么说，你觉得这符合人性吗？我说，不是所有人都像你这样，还是有那种真感情存在的。他妈的，张因兵说，他们是真感情，那我和苏雪算什么？有那么一会，我觉得自己成了陈从忠，老婆死了遇到先前相好的人，去克制是有点困难。听完陈从忠的丧妻经过，张因兵故意说，苏雪的手机修复了，记录都找回来了。我忙问，陈从忠怎么说的？张因兵问，你要碰到这种事，会怎么做？我问，你什么意思？张因兵喝了口酒说，这事不提了。

最终让张因兵不去追究的不是陈从忠的态度，也不是他和苏雪的事情本身，是他完全理解了陈从忠和苏雪。略过学生时期的恋情以及刚踏入社会时的取乐，在和苏雪结婚前，张因兵也有一个进行到谈婚论嫁阶段的女友。双方的家庭条件相仿，双职工，父母有退休金，算不得殷实，也衣食无忧。过了二十七岁，张因兵放弃了不切实际的发财的念想，背着二十几万的债务，安心从外地回到父母的身边，经由他们做主成了一名公交司机。架不住亲友的热心，张因兵历经几次失败的相亲后和潘娉认识。他俩吃过两次饭，看完一场电影，入夜后在人民公园的草坪上牵过手。以上是他俩交往的全部。父母对潘娉的身高不满意，个矮的基因不能再传给下一代，又搬出张因兵因为身高差两厘米体检不达标，托好关系都没办法考狱警，只能当个公交司机。张因兵说，他俩有感情。这遭到母亲的一顿呵斥，两天就有感情了，比对你妈感情都深？一句句延伸下去，重提他败光二十多万的事，彻底让张因兵没了脾气，躲进卧室喝光一瓶白酒后忍痛把潘娉的电话给删了。婚后，张因兵有次在佳物超市，远远看到潘娉推着购物车在妇婴区选东西，矮小且动人的身影在货架间若隐若现，直到对方目光扫过自己，再转回头，瞬间的诧异调换到怨恨。听完陈从忠的说辞，张因兵想起了潘娉的眼神，对自己受制于父母的态度，不告而别，且没有勇气对她说明的行为充满了自责。张因兵心想，若是现在有机会见到潘娉，他会说出当时的困境，如果有可能继续的话，他是否能扼住内心的渴望呢。陈从忠后来说些什么，张因兵提不起兴趣再去听。事已至此，再去追究，无非给自己套上枷锁。

告别时，陈从忠问他去哪，可以捎一段路。打开车门，张因兵看到副驾驶上黑红相间的安全带，闪现出苏雪手机里存的一张自拍——苏雪微笑着，一根手指假意戳在脸颊的酒窝处，黑红相间的安全带紧贴她的胸口。再次望向车厢，对比平时开的马自达，陈从忠的车要更宽敞和舒适。车开走时，张因兵看到车牌号以英文字母 SX 开头。我无力对张因兵的这些讲述掺杂个人化的评判，他过于怯懦，在丧偶后进而失去作为一个丈夫应有的地位。当他又问我车震是什么感觉时，我的忍耐已经到头，起身活动了下僵硬的背部，走去餐馆的柜台结账。

在亲友们的眼中，张因兵想去相亲，标志着他走出了丧偶的阴影。他们终于松了一口气，发动身边的人张罗起来。张因兵旁敲侧击，托人打听潘娉的情况。在得知她已经结婚，且三年前生下一个儿子，目前又怀孕后，张因兵的父母为错失一个目前看来能生育且不会横死的儿媳惋惜。当初的刁难和阻拦，对儿子不公是一方面，此外说到底对家庭也是一次消耗，再婚的一切程序和花销不能节省，儿子的履历上多了一次婚姻，本就不出众的条件，更摆不上台面。不出意外，此后张因兵会相亲多次，最终会和某位女士共组家庭。这都无须再费笔墨。对张因兵来说，更为重要的是，他终于决定和过去告别。

张因兵把苏雪的遗物整理打包，送回她父母的家中。苏雪的父母对女婿再组家庭的念头有心理准备，只是女儿死了才半年，因此内心多少有些看法。为什么这么着急呢？苏雪的母亲把茶水端到女婿的面前，一开口就哽咽了。客厅里摆放的大小包裹，与苏雪出嫁前搬家的场面并无不同。张因兵低头抚摸着茶杯，茶叶缓慢下落，挤压在杯底。我没有对不起她的地方，张因兵说完就后悔了，他就这么坐着，低头面对岳母的哭泣，想起第一次来苏雪家里，在吃饭的间隙，他和苏雪的父亲来到厨房抽烟。在抽油烟机噪声的掩盖下，准岳父示意张因兵看向客厅。苏雪和母亲边吃饭边盯着电视机，神情和姿态如此一致。张因兵从岳父的表情中看出，他为当下的生活感到满意。这对母女，将分别是他和张因兵的妻子。五年过去。岳父又示意张因兵去抽烟。来到厨房，张因兵顺着岳父的目光，望向客厅里还在抽泣的岳母。岳父开口说，都是男的，你不说我也明白。张因兵叹了口气。岳父又说，往后，不要来了。

内情

我要讲述的这个故事，发生在九十年代初。那时候，我们国家正和伊拉克发生战争。我提到这些是因为一个人，我不会说他是一个英雄，英雄是什么呢？我们才是英雄。这里说的是督爷，他就这么活着。洛城督爷，即使他懒惰——督爷可能也是洛杉矶最懒惰的人，在懒的世界排行榜上也一定名列前茅。但是有这么一个人，这么一个人……我有点断片了，管他呢，我介绍差不多了。

——《谋杀绿脚趾》

1

吴文忠并不清楚儿子到底能判几年，这个小学没念完，只认识几个字的农民，对法律的认识非常有限，他知道杀人偿命，再多一点，邻居老孟年轻的时候捅人被判了五年。去年冬天，临近年底，西葫芦行情好，一斤三块钱，吴文忠种的一棚西葫芦，被人偷走一半。大道的监控拍下了车牌号。第二天上午抓到人，下午两个人就从派出所出来了。后来一打听，其中一个人的堂叔，给市里的领导开车。这件事让吴文忠明白，都说法不容情，也有弹性。这也是他对法律的第二个认知。

知道儿子出事后，吴文忠从派出所回来，先去找的老孟。两家的房子在一排，相隔两户，距离不到四十米，做邻居三十多年，也没多少来往。当初两家盖屋，各自搭手出过力气，村里婚丧嫁娶，也都能凑在一块，一张桌子上喝过酒。吴文忠性格温吞，总是充当看客，几杯酒下肚，他只会更加沉默。老孟可管不了那么多，监狱生涯让他在村里获得了横行的权利，对谁都不用过于遮掩内心的想法，动辄拿来取笑，吴文忠自然也是被取笑的对象之一。老孟出狱后，和村里大多数勤劳的菜农只操持大棚不同，他成立统销点，作为中间商，利用能说会道的秉性，以威严作后盾，没几年，先是买了货车，搞蔬菜运输，又在村南边的国道旁建了一座两层小楼，一楼办公，二楼住宿，烟也只抽软中华。老宅租给外地人，成了废品收购站，门口堆放着刚收上来没来得及处理的各类废品，散发着难闻的气味。吴文忠每天进出，都在心里问候老孟的祖宗八代。吴文忠的菜交给村里另一个统销点，那是他本族的一个堂叔开的。有时，知道价钱没有老孟给的多，吴文忠也认了。本族情分是原因之一，更多的是他有些怵头和老孟打交道，自从老孟发家后，底气更足了，话里话外都不中听。

吴文忠骑着电动车，从镇上顺着国道往回走，远远看到老孟的统销点停着一辆货车，正在卸塑料泡沫箱。彩钢板围成的厂院里，几个妇女正在把刚收上来的柿子装箱，称重，贴胶带，垒放好，用叉车运到另一台货车上。老孟站在街边，指挥着工人卸泡沫箱，“看着点，坏一个算谁的”。见吴文忠过来，老孟指挥得更为起劲，用此刻的忙碌来掩盖。本以为他只是路过，见电动车停下，老孟转过脸说，还不赶紧去棚里摘柿子，在这里闲逛，视察我工作啊。吴文忠说，忙着呢。老孟说，你眼也不瞎，这空谁不忙，不忙钱不来。吴文忠说，今年柿子还行，我昨天打听了下价，一块三。老孟说，一天一个价，今天一块三毛五，你今年种了多少？吴文忠说，我这小打小闹，柿子就种了一个棚，另一个棚的茄子刚爬蔓。老孟说，今年想来我这里？吴文忠一听，知道他误会了，忙说，问点别的。他清了下嗓子，又说，有点说不出口。老孟说，你这人真磨叽，有什么不好说的，反正借钱没有。吴文忠说，不是为这。老孟说，只要不是钱的事，什么都好说。

五月，泡沫箱如同一地的雪。一阵风吹过，已经卸下大半车的车兜里，破碎的泡沫颗粒纷扬着扑向他俩，两人全身沾满了泡沫颗粒。老孟背过身呸呸往外吐。吴文忠站在原地，脸上汗液黏着泡沫颗粒，如同长满了白色的痘。他问，你当初进监狱，是咋回事？老孟抽下挂在脖子上的毛巾，拍打身上，这都多少年的事了，你提这个干啥，你也想学我捅人啊？吴文忠问，你当初咋捅的，把人捅成啥样了？老孟点上根烟，你怎么不问我为啥捅？吴文忠说，我不关心你为啥捅，我就想知道你把那人捅成啥样了。老孟说，活得好好的呢，年前我赶集还碰见那人了，递给他一根烟，寒冬腊月的他还掀开肚皮，让我看那道疤，我回头买了一只笨鸡，塞给了他。我当初看上新安桥的一个女的，他也看上了，决斗呗，他输了。吴文忠说，就为这点事？老孟说，这叫尊严，你懂个屁，你没看过《动物世界》啊，这叫争夺交配权，不是你死就是我活的。吴文忠说，为个女的，五年，不值。老孟说，操，用你可怜我了。吴文忠又问，那你觉得五年判轻了还是重了？老孟说，政府的事，还轮得着你操心了，我都放出来小三十年了，考虑这个干啥，没碰到严打算我命大了，咱村里的牟良田，比我晚一年，就偷了粮店里的三袋地瓜，命没了，下次上坟，你问他冤不冤。吴文忠说，良田这人从小就爱顺东西。老孟说，吃过牢饭的人，知道滋味深浅。又一想，老吴，我知道你心里想啥了，你是想捅人了。吴文忠扭头，跨上电动车。老孟在后面喊，窝囊一辈子了，你别想不开，多大的事，过去也不算事。

卸完货，已过七点，老孟去二楼冲了个热水澡，换上短衣短裤，来到一楼，坐在老板椅上，泡了杯热茶，点上一根烟，把腿架在桌面上。望着夕阳西下，余晖染红一片，他吼了句，把灯打开。厂院里探灯亮了，妇女们还在挑拣西红柿装箱。香兰坐在马扎上，背对着屋，弯腰时上衣和裤子中间露出的腰和碎花的内裤，正在被老孟慢慢欣赏。这里面没有任何的情欲色彩，同龄女性早已经不是老孟这个村里能人的选择了。念旧的确是他身上一直无法改变的特质，去年冬天，老孟知道香兰的儿子欠了网贷，被人打断了腿后，他背着老婆帮忙还了一部分，又让香兰来这里上工。和忙季打零工的村民不同，她是为数不多的固定工人。老孟陷入回忆，想不起当初追求香兰的细节，以至于还要为她捅人。老孟走出去，刚迈出门槛，因腿麻跌倒在地。妇女们回头看他，发出一阵哄笑。老孟压坏了一个泡沫箱，骂道，让你们箱子别乱放，没听的时候。

吴家湾中间的水泥路主干道，是村北边的大棚区通往国道的必经路。前些年把沿街村民私自种的小菜园铲平，拓宽的车道能双向通行，但一到蔬菜上市，这条路还总是堵车。货车、私家车以及村民的三轮车混在一起，像等待疏通的下水道。吴文忠骑着电动车加入其中，如同一条肉丝被卡在牙缝里。喇叭声此起彼伏，十来分钟挪动了不足五米。换作平日，慢性子的吴文忠也早就失去了耐心，今天他身体沉重，车胎也跟着主人如泄气一般。他两只脚支撑着地面，嘴巴念念有词，捅人，五年，捅人，五年，捅人，五年……卖豆腐的老邢见吴文忠嘴巴一张一合，没听清说的什么，打趣道，还算能赚多少钱呢？老邢没像往常那样，在这位憨直的菜农脸上看到羞怯的表情。吴文忠没搭话，让老邢没法开口推销挂在车把上仅剩的三块钱的豆腐。吴文忠靠两只脚慢慢挪动，十多分钟，终于走出了拥挤的路段。天要黑了，确定剩下的这块豆腐卖不掉，老邢收摊。他骑着三轮车，嘀嘀摁着喇叭，回邢家庄。又过了十几分钟，终于出了大道，老邢打开车灯，进入小道，在路边看到一辆电动车，认出是吴文忠的。顺着河堤边上的田埂，五十多米处，一个黑影蹲在那里。老邢吼了句，钥匙也不拔，把你车骑走了。吴文忠没反应。他摁了几下喇叭，不回家吃饭，坐在这里等哪个娘儿们呢？还没反应，老邢下车，把豆腐取下，挂在吴文忠的车把上。骑上车，老邢边走，边回头看，吴文忠还坐在那里，一动不动，一团漆黑，连他都有些怀疑，那到底是不是个人，还只是自己眼花了。（那块豆腐，吴文忠带回去，放在饭屋的瓷盆里，当天没吃，又过了几天，等他发现时，冒出一层绿色的斑点，已经馊了。吴文忠按照父亲生前的做法，剁了几根葱，又加了一小块的姜末，撒上盐，搅拌成糨糊状。这块自制的臭豆腐，吴文忠每次顺着碗边，用筷子抹一下，吃了好几天。每次吃，他心里想，吴安柱从小也喜欢吃，这是父子为数不多的共同之处。当电视台的摄制组来到吴家，各个屋拍外景，放在桌上的这碗吴氏臭豆腐引起了他们的注意，并给了两秒钟的镜头，作为这个贫瘠家庭的注脚。工作人员一起围着，又没勇气尝一口，问吴文忠，这是什么。显然，它比吴文忠本人更能引起大家的兴趣。）

2

村里出了个杀手，这和当季的蔬菜价格变动一道，成了吴家湾的村民最热衷讨论的话题。不论是照看孙子辈的老人，还是在统销点往来运菜的菜农，但凡有两个以上（包括两个）的村民交谈，吴安柱成了必提的名字。除去吴文忠的左邻右舍，大多数村民对吴安柱并无多大印象，即便是他现在出现在众人的面前，也不会被认为是本村村民。这是普遍现象，概因年轻人常年在外念书，初中、高中、大学念下来，十来年间个头、长相变化之快，令人感慨。现在的生活条件是好了，年轻人不是人高马大就是过度肥胖。尤其是吴家湾这个远近闻名的蔬菜种植基地，菜农是辛苦不假，但小富也是事实。菜农的后代享受了理应的生活，他们只在寒暑假偶尔在家，以学习的名义不去大棚里帮衬父母，穿着打扮俨然和城里的孩子没什么区别。吴安柱并不属于此类，母亲生病落下外债，家庭拮据是一方面；另一方面，吴安柱大专毕业后，不务正业，拒绝了和父亲去操持两个大棚的提议，被断绝生活来源后，他在外面混迹两年之久。两年的时间，一个蔬菜大棚，少说能赚十万出头，两个大棚就是二十多万，抛开各类成本和人工的开销，这是最基本的行情。但身为菜农，三百六十五天无休，没有任何的消遣，在棚里当牛做马，身体过度消耗，岁数渐长后出现各种慢性病和关节疼痛的症状，这些辛苦更容易被人忽略。一个人成为杀手，其中内情，在村民的猜疑下，生发出了各种可能。神秘感一直保持到法制节目的播出。这之前，吴文忠作为杀手之父，在吴家湾承受着流言蜚语，也享受着荣光。村民对吴文忠的态度复杂了起来，在背后说闲话，感叹他命运不济，老婆死了，儿子又不走正道，其中夹杂着幸灾乐祸。他们不愿意承认，但行动上已经亮出鲜明的态度，吴安柱从根上改变了吴家的门风。吴文忠看起来老实巴交的，说不定也蕴藏着惊人的力量。那些平日里占过他便宜，欺负过他的村民，忙着去修复这种看似危险的裂痕，见到吴文忠就热情地打招呼，甚至递上一根烟。吴安柱自然成为禁忌的话题，吴文忠不清楚村民都知道他儿子成了杀手。他没意识到，不仅是村里，很快儿子也要走向全国了。

吴家湾的历史上，上过电视的只有两位。一是前妇女主任宋明霞，她早年在戏班里待过，会唱京剧。年过五十后，宋主任的嗓子如初，不论是传统的元宵节等节日，还是这些年政府组织的“乡村大舞台”，她都画好脸谱穿上戏服唱《穆桂英挂帅》：猛听得金鼓响画角声震，唤起我破天门壮志凌云。想当年桃花马上威风凛凛，敌血飞溅石榴裙。“我还能一字马，”在《我是大明星》的海选上，宋明霞唱完后对评委说，“如果晋级了，下一轮还有更精彩的节目。”为了准备下一轮比赛，宋主任在家练习，不慎韧带拉伤。她掉泪了，逢人便说，不服老不行。晋级赛上，宋主任说起备战的艰辛，又哭了，不仅是评委，连吴家湾守在电视前的各位村民，也都有些心疼，因电视节目延迟播出，众人早就知道她被淘汰了。村民说，她应该晋级。又说，那个音乐学院的光头教授，根本什么都不懂，他会唱戏吗？他懂什么是京剧吗？有什么本事坐在那里点评你？看他长的那熊样，还有脸当评委了。参加选秀后的两年，宋主任频繁出现在门头开业和婚庆现场，出场费从上千到几百不等，随时间推移呈下滑趋势。有时，她也去临近的县市。总之，那两年，宋明霞给儿子在县城付首付买了一套房子。至于村里的妇女工作，宋主任无暇兼顾。慢慢地，她过气了，偶尔请她出山，也只给百八十块，最多管一顿饭。再次选举时，宋明霞也丢了妇女主任的职位。

如今，她在家里带孙女，偶尔唱一段戏发在抖音上，等待再次走红。主页上置顶的还是她参加《我是大明星》的视频，总计点赞量在三千多。宋明霞的抖音粉丝不到两万，不是吴家湾的第一，也已经是乡村顶流了。

现年二十五岁的孙世乐，占据吴家湾短视频粉丝数的头把交椅。二万三千多的粉丝中，其中多半是他曾经参加《快乐向前冲》的节目时积累的。这个从二〇〇九年开播的闯关节目，每周一至周六18：53—19：50播出，已经霸屏十余年，在山东广大农村的妇孺老幼间，有着堪比奥运会的影响力。从夏初到春节的几个月间，选拔赛、周冠军、月冠军、季冠军，再到总决赛，一条固定的赛道，培养了为数众多的青年竞技偶像，为这些在乡村不受待见的精壮小伙提供了一条致富道路。他们纷纷放下原本的主业——包括但不限于退伍军人、小商贩、菜农、泥瓦匠、车间工人、快递员、肉贩等，依靠赛事奖金和变卖奖品，积累了人生第一桶金，然后买房买车，转行当起小老板——主要是餐馆等普通私营业主——名气大一点的代言地方小作坊生产的食用油、白酒和洗衣液等。如果外形和口才占据其一，也会去兄弟节目《我是大明星》上面露脸，所谓的文体不分家。尽管他们的名气只局限在山东的乡村，考虑到上亿的人口基数，在数千万的群众中混个脸熟，这已经比世界上许多国家的人口要多。虽没有出现粉丝成群结队摇晃着荧光棒发出一阵阵尖叫的场面，乡土明星的效应也不可小看。就拿并不出彩的孙世乐举例，作为一个拥有退伍军人身份的菜农，他在赛道上最好的成绩是折戟在季冠军的冠亚之争中，由于伤病，年底的总决赛，在八进七时被淘汰。赛道的伙伴们簇拥着孙世乐，一起高歌任贤齐的《兄弟》。孙世乐泪洒赛场，发誓卷土重来，此情此景令不少电视机前的观众动容——这是他人生中的高光时刻。实际上，他再没回到赛道。也就是这短暂的一年，他赢了八辆电动车、四台冰箱，估价不到三万。孙世乐回到家乡，出门总是碰到热情打招呼的村民，年龄不限，他们指着他的脸说，你就是电视上那个跑赛道的吧。很快，亲戚朋友开始张罗他的婚事，一个多月内相亲二十余次，最终他和朱台镇开汽修厂的千金走到了一起。婚后不久，老丈人出资，孙世乐在镇上开了一家洗车行，兼保养汽车。和体育明星一样，不出成绩，被大众遗忘是必然的，乡村最不缺乏的就是无事可做、擅跑能跳、渴望发财的小青年了。这还不包括体校的学生，他们碍于面子不参与这类业余赛事。吴家湾还有几个小伙去参加比赛，都没有突破孙世乐的成绩纪录。如今，孙世乐已经人间蒸发，快手账号也停更了大半年，从还在不断更新的辱骂和讨债的留言中，我们可以一窥来龙去脉。这只是一个再简单不过的赌徒的故事。洗车行歇业，卷帘门上贴了招租的告示，房东虽粉刷一新，还能从散落的红漆斑点，一窥当初高利贷公司上门讨债的情形。同样寻找孙世乐的还有他的家人，老婆早就打印出离婚协议书，只等他回来签字。

3

村书记让吴文忠来村委，一上午过去，人没来。村书记骑着电动车找到棚里，吴文忠趴在蔓藤间拖着筐子摘西红柿，听到村书记喊，直起身子赔着笑说，本想摘完这一筐就去的，还麻烦你跑一趟。村书记扬手，你少说这些没用的。吴文忠跟在后面出来。书记说，老吴，你儿子出息了，都惊动省里了。吴文忠没明白怎么回事，捅个人，怎么省里还知道了。原来，省电视台的《法治在线》了解到吴安柱的案子，想拍期节目，通过省宣传部找到市宣传部，市里又找到区宣传部，区里又找到镇上，镇上又找到吴家湾的书记。一层一层下来，所说的话，也都一模一样，“要全力配合完成拍摄工作”。吴文忠说，西红柿上市，就几天的工夫，行情随时在变，摘不下来，就烂在棚里了。书记说，你政治觉悟怎么这么低，上电视又耽误不了你多少工夫，烂几个柿子算啥。吴文忠依着墙根，蹲下，又不是多光彩的事，上了电视，让孩子怎么找对象？书记说，你考虑得倒长远。又说，你是觉得我这个村书记，官小，不把我放在眼里，等着省里下来人是吧？吴文忠说，书记，我可没这个意思。书记转身，走了几步，打量着吴家的两个大棚，你和村里签合同，承包这块地是几年来着？吴文忠说，十年，当初想一口气签二十年，你不同意。书记又问，今年是第几个年头了？吴文忠明白了。书记又说，明年再签，咱一口气签二十年，让你一口气种到死。吴文忠问，我也没上过电视，不知道怎么准备，还留下他们吃饭不？书记说，吃饭，村里负责，你啥都不用准备，人家问你什么，你就说什么，什么叫全力配合，就是让你干啥就干啥。书记跨上电动车，扔下一句，这两天哪里也别去，等通知。

摄制组一共四人，开着黑色的商务车驶入吴家湾时，闻讯的村民们早已放下各自的农活，分列两道，翘首期盼，让本就狭小的胡同，只勉强留下一条空隙。这既是村书记有意组织欢迎，也是村民好奇心作祟，希望摄影机能抓拍下自己，在电视上露个面。车停在吴文忠的家门口，工作人员几步并作一步，由村书记领头溜进吴文忠的家里，并马上关上铁门。天井里早已摆好一张木桌，上面放着两个盘子，一个放的是水果，另一个是西红柿。吴文忠穿着一身下大棚的褪色迷彩服，两只手窝在裆处，神情拘谨，语气颤抖，礼让吃西红柿。又说，自己家种的，刚摘的，新鲜。这句客套话，没有引起众人的重视。四个人，除了出镜记者是个女的，其余三人都是男的。记者打开黑色的手提箱，三层抽屉，一个个拉开，化妆用品陈列在眼前，开始上妆。口红、眉笔、眼影、睫毛夹、海绵扑…… 在吴文忠的眼中，如同面对刑讯逼供时所用的刑具。他们的穿着打扮，和吴文忠的差别，完全是人和动物的区别，一个只是遮体，另一个才叫穿衣服。摄影师率先开口，让吴文忠领着进屋。一会出来，对主持人说，杨姐，还是在这里录吧，屋子里连下脚的地方都没有。转头问吴文忠，怎么住人的？吴文忠说，一个人，凑合住，没那么多讲究。杨姐化完妆，站起来，拍打了下黑色西装，端坐时留下的褶皱顿时没了。吴文忠只在拍摄时，看到杨姐和蔼的微笑，录制之外，没正眼瞧过他。吴文忠面对记者无瑕且美丽的脸庞，差点忘记了自己的初衷是为儿子求情。

上午拍了两个小时。中午休息，村书记领着四个人去外面吃饭。下午又录了半个小时。吴文忠这天过得，恍惚如同一个梦境。节目播出，他才知道那天究竟说了什么。在记者的引诱下，吴文忠说了很多话，包括儿子的成长经历，该说不该说的，都说了不少。这并不符合他平日内敛的性格。采访前，记者说，案子还没宣判，片子出来让法官看，能争取减刑。这让吴文忠的心里多少抱有一丝幻想。节目中，吴父的镜头不到半分钟，留用的几句话是，吴安柱不爱学习，好不容易考上大专，毕业后也不找工作，这两年不知道在外面干啥。那些为儿子求情的话，都没用。吴父看完后，气得把碗摔了。

《法治在线》摄制组去看守所采访吴安柱，先给他看了吴文忠的采访画面。吴安柱上次在家时还是春节，大半年过去，家里变化不大。桌子上的那份臭豆腐，激发了他早年间形成的味觉反应，加上这阵子顿顿窝头、白菜、玉米面稀饭，口水注满嘴巴，吞咽时给人感觉是在哽咽。以前吴安柱吃臭豆腐，吴文忠总让他少吃，变质的东西吃多了不好。吴文忠满头大汗，坐在镜头前，眼神失焦地望着对面，这让吴安柱感觉到一种更为刺痛的挫败，抵消了自己这段时间因为在看守所的遭遇所造成的自怜。这大概就是亲情的力量。吴文忠一脸愁容，说着对儿子的评价：孩子还是小的时候好，不让人生气，大了就不服管了。这两年，我也不知道他在外面干什么，平时也不回来，干什么也不说。这是吴安柱第一次听到父亲对自己的评价，不禁流下泪。记者对吴安柱说，你爸不明白，自己的儿子怎么就成了杀手了。在最后的成片里，吴安柱寥寥几句：我没当过兵，也不是什么特种兵、兵王什么的，这都是我从网络小说里看到的。我没杀过人，我也不敢杀人。

从观众的角度，我们无法得知，受访者在说这段话时的语境。考虑到节目片长，记者的提问被删减，也无法知道提问的详细问题。从转场的几个分镜也明白，这是被剪接的，并不是全貌。吴安柱面对镜头，有些拘谨，这也对观众产生误导，我们不能就此武断地得出他性格腼腆的结论。他穿着统一的灰色制服，说话时眼神缥缈，说出的话轻飘无力，但也不能就此认为，这是一个狂傲不羁的人。我们全然忘记了，案件诉讼进展缓慢，他被关押长达月余，十几个人挤在大通铺，和监友们相处艰难，被悬而未决的判决折磨。这一切使得吴安柱疲惫不堪。至于肤色白皙和略有发福，那是因为几个月不见阳光，以及强制性戒烟后身体各方面机能失调所致。

附采访全文

记者：你今年多大了？

吴安柱：二十二，虚岁二十三。

记者：进来多久了？

吴安柱：五月四号被逮的，先在刑警大队关了两天。办好手续，来到看守所，在这里一个多月了。

记者：在里面住得还习惯吗？

吴安柱：也没什么习惯不习惯的，不习惯能怎么办，就这么个环境。这里也不是养着你的，毕竟是犯了事，进来改造的，肯定没有外边舒服，时间长了也就习惯了。刚进来的一周比较难熬，一个监室也是一个小型社会。新来的，谁都不认识，先盘问你到底犯了什么事，问来问去的。拖地打扫卫生，晚上还要守夜，睡不好觉。后来，就习惯了。慢慢地，自己就成了老人。在看守所里，只能关三十多天，案情复杂点的，比如说杀人之类的，时间长一点，能申请再关一个月。你看我这都一个多月了，比我早来的，很多都已经出去了。没出去的，比如老何，他杀人了。还有小田，网络诈骗，事儿比较复杂，骗了两三百万，听说还在联系受害人，也没走。这家伙还是名牌大学毕业的，心术不正。我最瞧不起这种人了，让他刷了好几天的厕所。我刚来的时候，一共二十三个人，在我前面的，加上我，还有我们八个，现在一共二十一个人，新来的十三个。在这里面也是按照资历，我们就这么过来的，规矩不能坏，干活挨训，新来的也要经历这一遭。待久了，大家没事还帮忙分析下案子，出出主意。他们说，我这案子说大不大，说小不小，故意伤害，捅人脖子，幸好人救过来了，没死，要是花点钱赔偿下受害人的话，估计关四五年吧，而且我这也是属于从犯，被人雇着，情节没那么严重。我认错态度也好，没和警察兜圈子，问我什么，我就说什么。这都是我们在一块瞎琢磨的。要说其他方面，就是有点无聊。我算明白了，为什么进来一个人就刨根问底让他交代，憋久了就想听点新鲜事。昨天刚进来一个小偷，五十多岁，从十七八就偷东西，说话太有意思了，他年轻那会有一次偷到一个当官的家里，柜子里成捆的现金，他没敢多拿，具体没说拿了多少。好日子过去了，现在的小偷不好干，大家都不用现金了，手机也都有密码，到处都是监控。但他手又痒，去超市偷东西，这不又进来了。我平时话没那么多，老长时间没遇到人说话了，我在里面话不多，我一般都是听他们说，他们说得比我有意思，我再说出来就没什么滋味。

记者：我看你适应环境的能力挺强，在里面交了不少朋友。

吴安柱：哪有，我刚进来那会，睡不着觉，寻思这辈子交待了。我也不是没想过有一天会进监狱，但真进来了，还是感觉不一样，那种绝望，不知道以后出路在哪里。这和刚毕业那会还不一样，就算不知道干什么，起码有自由。人就怕对比。在里面的，我这算什么，有杀了人不知道会不会判死刑的，还有老婆出轨，把老婆给杀了的，还有比我小的，但父母都死了，还有进来好几次的。我起码比他们要好，坐四五年牢出去，也才二十五六，以后的路还长着。大多数的人心态都挺好，有说有笑，不然这一天天的怎么熬。

白天还好，去叠手套，晚上能看半个小时的《新闻联播》。回到屋里，趁着熄灯休息前，就抓紧说点话。人流动也快，今天来，过几天就走了，谈不上什么朋友。我也不可能出去后再找他们。学好不容易，学坏不难。我平时没朋友，都不走正道了，再和他们交朋友，我更完蛋了。

记者：我看你的资料里，你读过大学？

吴安柱：也不算是什么大学，就是一个技校，五年制的，学的电气自动化。

记者：具体都是学什么？

吴安柱：名字听着好听点，其实也没学到什么东西，可能别人学到了，我基本上没怎么上课，都是在网吧打游戏，主要是我上课也听不懂。我对这个根本不感兴趣，是吴文忠不知道听谁说的，学这个毕业后容易就业。这话也不假，我很多同学毕业后，就去厂子里上班了，在车间看个仪器什么的。我当初实习也去过，没意思，八个小时就站在那里，盯着个机器看，倒是不累，但一想到这一辈子就守着一个机器，和坐牢有什么区别呢？其实还不如坐牢，车间里规定很严，不能说话，一直守着机器，就算是一条狗，被拴在那里，听到动静还能叫两声。白天还好说，夜班看一宿机器，不打瞌睡不成机器人了，我被逮住两次，一次扣三百块钱，实习期一个月五百块钱，我干一个月，倒贴了一百。你说这还有人性吗？我是受不了这个，我也不知道他们是怎么回事，还真能干下去。

记者：那你想干什么？

吴安柱：我要是能清楚自己干什么，就不会走到今天这一步了。我一直没找到人生的方向，你说人活着有什么意思，从出生到现在，也二十多年了，在学校里待了十来年，难道我学习就是为了盯着机器？为了赚那几千块钱？要真是这样，我觉得人活着真的是没意思，还不如去死，但是死也没那么容易。我只知道现在的生活并不是我要过的，我想活得精彩一点。

记者：那你认为什么才是精彩？你觉得谁的生活是你想过的呢？

吴安柱：那肯定是不为钱发愁吧，我不知道有钱是什么感觉，但也见到过那些有钱人，什么都不缺，好像生活中没有什么不可以解决的问题，对吧，你肯定接触的有钱人比我多。但只有钱也没意思吧，最好是有一番事业，但又不能太累了，让别人瞧得起。我看那些电影里面，黑帮片的老大就特别受人尊敬，但结局总是不太好，早晚都会被弄死。你要是真让我选一个人的生活，我还真想不出来。不过人无非就是那么点欲望，名和利，有了这些肯定就是享受人生，满足各种欲望，不论是心理的还是生理的，如果这些都满足了，那就到了另外一个层次了。我想那么多也没用，我这辈子是达不到这种境界了，也无法体验到这种生活。我现在想得很实际，就是你曾经拥有什么，如今失去了，这种就是最宝贵的，就我现在这种情况，能有自由就可以，不用回到里面，和那些人挤在一起，上个厕所，都有那么多人在边上，一点个人隐私都没有，天天吃的这些东西，猪食都不如。

记者：有钱人的烦恼可能比你的还多，你已经没有什么可以失去了，但拥有更多的人，更害怕失去。

吴安柱：也对，我真是啥都没有，就剩这一条命了。

记者：在农村，你算是读书比较多的了吧？

吴安柱：不算多，但也不算少。和我一般大的，有的初中没念完就去赚钱了，现在过得也挺好，起码有车有房的。比我读书多的，还在上学，本科毕业了，读研究生。我属于夹在中间，要是不读书，可能也就认了，随便赚点钱。我不是念书的料，不然上个好大学，选择的余地就多了，不至于下车间，看机器。

记者：那你爸还是支持你念书的。

吴安柱：这和吴文忠没关系，我妈临死前和吴文忠说，要让我多读点书。要不是有她这句话，吴文忠才不舍得让我去念书，他巴不得我早下来，跟着他一块种大棚。

记者：你妈走的时候，你多大？

吴安柱：那年我十四，还在上初中，也不是什么正经学校，是个武校。在临县，坐公交车要倒车，一个多小时。封闭式管理，一个月休两天。我学习不行，吴文忠觉得我念下来也没啥用，就给我找了个武校，强身健体都是假的，他怕在村里受欺负，想让我练好了，替他出头。那学校是寄宿制，四个班，一共不到三百个学生，校长是从少林寺下来的，据说还是李连杰的师弟，墙上贴着他俩在《新少林五祖》的合影。这电影我们看过，没看到校长的镜头，只是个替身。后来我们才知道，李连杰压根就不是少林寺的，哪来的师弟。那时候我们不懂这个。我去的那会，刚开了散打的课。武术没练几天，老师说我身体不协调，动作做出来不好看，把我调到散打队。我从小在家里干农活，力量还行。练了半年，就出去四处打比赛了，也拿过几个奖牌，反正就是打架，拳击、腿技、摔跤，啥都学一点。我在里面不算好的，散打队一共十几个人，后来选七个，走体育特长，没有我。学散打加起来总共不到两年，后来学校出事关停了。因为有个新来的学生，被同学欺负，被打得脾脏破裂，当时没事，到第二天人就没了。我回到家，继续在镇上念初中，留级了，课也跟不上。那阵子，我妈也没了，更没心思学习了。

记者：你妈是怎么死的？

吴安柱：我妈年轻的时候下过煤井，当时来钱的路子少，也没开始种大棚蔬菜，靠种地不行，她就去临镇小煤井寻活。一开始也不下井，但下井工资高，她胆子也大，没多久碰到塌方，被压在里面。我还不太记事。咱这边的小医院治不了，送到市里，全身各处骨折，又是内脏出血，大小手术做了十几次吧，算是捡回来一条命。从那以后，她身体一直不好，刚开始还能勉强走路，后来拄拐，再后来就只能坐轮椅了，最后在床上躺了好些年。出了事故，她神经也不好，总是头疼，夜里睡不着，瘦得不行，八十多斤，大夏天也把自己裹严实，不能受风。刚开始那会，煤井还赔钱，出了事，发现煤井手续不全，再说那地方本来不产煤，就直接关门了。治病的钱都是借的，实在没钱，就整天喝中药调养。我妈死前，不吃东西，只喝点水。吴文忠在大棚里忙，我在家守着，问她什么，她也不说，就眼睛含着泪。我妈这辈子命苦，活着的时候都在受罪。

记者：你和你爸感情怎么样？

吴安柱：吴文忠眼里只有他那两个大棚。

记者：你出事后，你爸也很担心。

吴安柱：我妈死后不到两个月，他就把一个女的领回家，住在一起了。把我妈的东西都扔了，遗像也给藏起来了。那女的是邻村的一个寡妇。前些年，寡妇的儿子考上大学，她就搬走了。她就是看上吴文忠的钱了。他还觉得人家和他真心过日子。我上技校，问他要生活费，他每次都给我甩脸子，让我少花。钱都用来养别人的儿子了。反正，我妈走了，我就没家了。

记者：你毕业后这几年怎么过的？

吴安柱：这有什么怎么过的，这个社会也饿不死人。实在没钱花了，就借。借不到，就找个地方上班，干上一两个月，手头有个几千块钱，还债，剩下的自己花。我没什么花销，吃穿没什么讲究。没钱的时候，就在网吧住着。有点钱，就租个房子，一个单间，一个月也就一两百块钱。在厂里上班有一点好处，管食宿，吃食堂，住宿舍。这两年就这么过来的。

记者：你是怎么想要当杀手的？

吴安柱：你见过迷药、枪支的广告吧，就是那种刷在墙上的，大街小巷都有。你想过没有，干这种事的到底是什么样的人，胆子真够大的，就这么留下电话，也不怕警察找上门。我这个人爱琢磨事，就想弄明白，他们是怎么个套路。我就打电话，想买点迷药。对方给了我一个账号，让我先把钱打过去。我立马就知道，这是骗人的。我说这样不行，要见面。他说，爱买不买。我把钱汇过去，那边发了一个地址，在植物园，东门停车场的垃圾桶，一个白色的小瓶。我回去试了下，喷在毛巾上，捂住自己，没管用。我打电话过去，我说，这是假的。他说，就是假的，你告我去吧。妈的，我怎么告，总不能告诉警察说，我买这个玩意儿，我干什么用。后来一想，这是个来钱的门路。我就办了个手机号，在公厕里到处写上。过了好几天，也没人给我打电话。我就想，这样来钱也慢，不如直接当杀手，替人复仇什么的。

记者：你是真想杀人？

吴安柱：怎么可能，我就是想骗点钱，干这行的都有预付金。就算他们被骗了，也不可能报警。

记者：找你的人多吗？

吴安柱：不少。不过我也不是什么人都接的。

记者：这个有什么讲究？

吴安柱：我只为女的复仇，男的应该自己去解决这些事，女的是弱势群体啊。

记者：你的意思是只骗女的钱吧，男的你不敢。

吴安柱：开始是想骗钱，但后来又改主意了。

记者：为什么改主意？

吴安柱：她们太惨了，听完她们的故事，我觉得有义务去帮她们复仇。

记者：为什么不报警呢？

吴安柱：她们就是报警没用，才找我的。

记者：她们是怎么联系上的你？

吴安柱：我选了几个高档的小区，在地下停车场贴小广告。

记者：第一个电话你还记得吗？

吴安柱：说起来有些好笑。我接到的第一个电话，是地下停车场的清洁工。她上来就骂我，问小广告是不是我贴的，说我弄的这个东西很难擦，物业检查通不过，让我别在这里贴了，再贴的话她就报警。我当时都蒙了，我都不知道她咋想的，我好歹也是个杀手对吧，她就不怕我对她下手，跟这样的人真的是没办法讲道理。我也犯不着和她一般见识，挂了电话，又好气又好笑。心想，她也不容易。

记者：那第一个想请你的，是什么情况？

吴安柱：对方是个男的，问我是不是杀手。我说，是。他问我怎么个价钱。我问他，谁雇人？他说他雇。我说，这生意做不了。他说，我都没说怎么回事，你咋就做不了。我挂了电话。一会，他又打过来，让我别着急，先听他说完。是怎么回事呢，他也不是让我去杀人，让我去放把火。这个男的开超市，本来生意挺红火的，旁边又新开了一个超市，竞争对手。他让我把那超市给烧了。我一听就来气，我他妈好歹也是个杀手。我就骂他，你是不是人，正当生意，你把人家店烧了。我挂了电话。一会，这男的又打过来。我俩就骂起来了。他要举报我。我说那我也举报你，你还想烧人家的店。

记者：你多久接到的第一单?

吴安柱：不到一个星期。

记者：是沈颖这单?

吴安柱：对，也是第一单，就出事了。不过，在她前面，还有一单，差点谈成了，都见面了。

记者：这个是什么情况?

吴安柱：我们都在公园约好见面了。她问我有没有经验。我说，这个你放心，我以前是特种兵，在缅甸那边杀过人。这女的也不是让我杀人，只是想出口气。她有个男朋友，家暴她，动不动就打，但又分不了，想让我教训下她男朋友。我问她，怎么不报警，不行找父母出面也行，犯不着非要走这条路。女的说不想让父母担心，也不想报警，关几天出来了，还会骚扰她。只能以暴制暴。我一看这女的，真的是可怜，脸还是肿的。她还念书，是个大学生，家境也一般。我更不忍心去骗她了。我说，要一万块钱。女的觉得太贵了，也就算了。但我还留着她的手机号，寻思等我赚了点钱，可以免费帮她这个忙。也不知道，她现在怎么样了。

记者：你为什么没骗沈颖的钱？

吴安柱：本来也想骗的，但一听她说完，觉得这已经不是钱的事了，那男的简直就是畜生。沈颖的妹妹才十三岁，念初中，就给糟蹋了。而且还不止一次，都没生育能力了，一辈子都毁了。才判了两年，这男的就出来了，太便宜他了。

记者：你收了沈颖多少钱？

吴安柱：我也是被气坏了，就建议直接做个亡单，这种畜生就不配活着。我定的价格，亡单五万块钱。沈颖不同意，觉得杀人不好，主要是怕被连累吧，说做个残单就行，卸条胳膊挑断个脚筋什么的。我说三万块钱，定金一万，完事后再给两万。

记者：你拿着一万块钱都干什么了？

吴安柱：前期买摩托车和电棍什么的就花了好几千，我那阵子没钱，营养跟不上，寻思这是个体力活，起码要养好身体吧，吃吃喝喝的也花了好几千，反正最后杂七杂八的，根本没剩多少。我问她要少了，我后来在里面问别人，三万真是良心价，一般都上十万了。

记者：你当时怎么下手的？

吴安柱：朝脖子上捅了一刀，天黑，没看清楚具体捅哪里了。

记者：沈颖骗你了，你知道吗？

吴安柱：骗我什么了？

记者：沈颖根本没有妹妹，她和你说的都是假的。她和陈子凯是男女朋友。陈子凯要分手，沈颖不同意。两个人，就是感情纠纷。

吴安柱：你听谁说的？

记者：我来之前，先采访的他俩。

吴安柱：我不信。沈颖和我说的时候都哭了。

记者：她哭，也是为了自己。

吴安柱：那她为什么要骗我呢？

记者：她没说。可能有难言之隐吧。

吴安柱：难他妈了个×的隐。亏我这么信任她。

闲话

李岩是我邻居的儿子，他的父亲李永庆死了有四五年，具体的日子我记不太清楚。我没有赶上他的葬礼，一概让我忘掉的，还有那几天我究竟在外地忙些什么呢。当然，我不是说我为没参加邻居的葬礼感到遗憾什么的。只是那几天没有给我留下深刻的印象，感觉像是白活了一样，有种人生果然是虚无的哀叹。如果我没外出，走出家门，向东迈个几十米，就到了李岩的家门口，就可以目睹李永庆的葬礼，那我肯定会记忆犹新。但这也不妨碍，丧事的所有流程都在我的脑海中，再熟悉不过。我想表达的是，每天都有太多的信息和琐事塞在我们的脑子里，重要的，不重要的，该记住的，不该记住的，几十年的老邻居病故，若能参与其中，的确是个很好的记忆点，可我错过了。

我能想起的是，老付在手机里向我报丧，得知我在外地赶不回来时，有些情绪，随后骂了句脏话。从人情世故的角度，我作为一家之主，且是三十多年的邻居，红白喜事不出面，有点过分。同时她也觉得，为了邻居，我专程赶回来，也实在没必要。这一切都是我们内心的挣扎，对沉浸在亲人离世悲痛中的李岩家人来说，我是否参加，他们心里也没那么在乎。事后，发小刘祥说，排场，人不少，咱这条胡同都挤满人了。李永庆岁数不算大，五十出头的年纪，亲友们大多也健在，他生前狐朋狗友也多。老付说她去帮忙刷了两天的碗。这意思是，其中一天碗是为我刷的，若是我当时在家去帮忙，她只用刷一天碗就行。至于丧事后招待的大锅饭，刘祥评价道，味道还行，肥肉片子不少。

在刘祥和老付对我的讲述中，都有意略过了李岩，或者说，这个没必要提到。作为家里的独生子，有长辈在身边叮嘱，围绕丧事，他的一切举动都遵循着孝子应有的礼节：报丧，守灵，叩拜，卸孝布，摔碗，西方指路，执杖，去殡仪馆火化，抱着骨灰盒到陵园，放骨灰，填土，烧纸。这些程序，对我和刘祥这样丧父的人来说，都已经历过。

如今我和李岩都是没有父亲的人了。可以抛开父辈不谈，介绍下我的邻居李岩。这样也不够准确，我平时在城里住，李岩婚后在城里有了落脚的地方，虽说房子是女方家里买的，但他也很少回村。严谨点，我和李岩是农村老家的邻居。我比他年长七八岁。下面要说的事，已经过去了十年。按道理，这件事，我也不应该记得太清楚，不是多么重要的事。至于它还留在我的脑海中，历历在目，没有被其他的记忆占据，个中缘由大概是，那天是我和李岩几十年来待在一起的时间中，最为交心的两个小时。作为邻居，我们的相处就是偶尔在村里碰到，点个头，问一句，回来了。答一句，嗯，回来了。都是我问，他答。我们也会在春节时，站在胡同口——我家和他家中间的过道，驻足点上一根烟，说上两句话，比如，越来越没年味了；看春晚了吧，不好看；早上几点起的？烟还没抽完，该有的礼节性问话结束，自有一个人先回去，一般都是李岩。

我们的父亲都是寡言的人——酒后不是，但那会说话只是一种表演形式，没多少内容可记。他们还活着的时候，会在一些场合上碰头——因为各自盖屋或给其他的邻居帮工，坐在酒桌上言欢。李永庆的酒品不行，喝了酒就不知道自己姓什么，老动手打人。没听说，他俩有什么过节。我爸对他的评价是，永庆人不孬。李永庆拦路抢劫吃了六七年牢饭，李岩念初中前才回来，错过了儿子的成长期。也可以说，父子俩的记忆，都是从那会起步的。邻居几十年，又紧挨着，他俩进出遇到，点个头，打个招呼，互相递上一根烟。如同他们死后，我和李岩的样子。李永庆有饭后散步的习惯，一个人，经胡同，向北到屋后，从小路向西，去铁路。他亲哥是他的东邻，哥俩都有这样的习惯，从不结伴，遇到也只打个招呼，心照不宣，反向散步。纳凉的季节，李永庆光着膀子，前胸后背的文身在暮色下犹如没有洗掉的灰尘。出狱后，老李三十出头，学了电气焊的手艺，经十余年后，成了厂子里的头，除了急活和有点难度的活，不轻易出马。他吃久了牢饭留下心病，顿顿离不开肉，身上也挂了肉。不过，我对他的记忆，停留在他病重后瘦骨嶙峋这一印象上。他饭后散步时，因心情而论，与妇女们打招呼或装没看见。他走远后，妇女们才恢复刚才的喧闹。众人对他敬畏或者说是躲避，与他的案底有关，差点把人捅死，不是小事。我的父亲呢，家里总有忙不完的活儿，或者说是顾家，在外面干了一天活，吃口饭，继续忙这忙那。他俩相差十余岁，如我和李岩一样。两个人碰到，打个招呼，一个说，散步呢；一个说，劈柴火呢。

妇女们活得压抑，极少有机会沾染喝酒、抽烟的恶习，更别提寻欢作乐，她们能做的就只有在互相的倾诉中，得到短暂且有限的缓解。李岩的母亲会回去把我家的情况与儿子分享多少，我不清楚，也没问过。老付倒是都和我说。

老付皱眉说，永庆看着也不像这种人。李妈唉了声，喝了马尿就变了个人，在家里懒死，往沙发上一坐，扎下根了。老付紧跟一句，我那口子倒是不懒，眼里都是活儿，就是太老实了，在外面啥都说不出来，吃亏回来，跟我耍起本事。李妈说，小叔这人是勤快，咱村里找不出第二个来。老付嬉笑，你的意思，我合着占便宜了？又宽慰道，男人喝点酒也不算大毛病，永庆碰到人笑嘻嘻的，每次见了我都喊声婶子，有啥事都帮忙。李妈摆手，脸朝一边，我烦他没事就招呼一帮人来家里吃饭，扔块肉让我做饭，喝了酒，满嘴喷粪，吵吵几句，一个个的动手摔碗的，这不都是钱吗！老付笑了，下次你把碗都端出来让他们摔。李妈反问，真摔了咋办？老付坏笑，你狠狠心，下次往菜里下药，吃死这些王八蛋的。李妈也跟着笑，家里倒是还有老鼠药。

过了几年，老付的丈夫先走了，李岩长大成人。两个人在门口碰到。老付叹息，谁也体会不到我的心情。李妈宽慰，婶子，凡事想开点，人都有这么一天。老付眼里冒泪，话是这么说，走得太早了，虚岁才五十六。李妈无语，手里提着的垃圾桶不知道该不该放下，又继续听下去。老付抽泣着，倒是没花多少钱，发现时就晚期了。他可真能扛，身上不得劲儿也不吱声，还整天出去干活，早晚疼得起不来床，才答应去医院。这空里医院也不收了，好歹做了个手术，也不管用。从医院回来，整天疼得叫唤，嫌我不给他治。咱心里的委屈谁知道。拿偏方，喝中药，求这个神，拜那个佛。他倒是不想死，谁也不愿意走这条路，生了乍古症候，没办法，有钱的也没治，别说咱这老百姓了。李妈边听肚子边吸进去不少凉气，跟着说起《新闻联播》里说国外一个前总统也死了。她叫不上名字，又觉得离得太远，便又分享起四里八庄这阵子死掉的人，有钱的，当官的。在这些死讯中，总会让她们暂时忘却自身的悲伤。一会，李妈从家里出来，手里提着从自己果园摘下来的桃，递到老付手里，永庆不吃桃，我自己也吃不了。

又过了几年，李永庆查出癌症，硬撑不到三年，也去阎王那里报到了。老付和李妈，这两个丧偶的人站在胡同里，又一言一语。老付说，尽心就够了，永庆生病这么久，你照顾这么好，没啥遗憾了。李妈抹泪，家底掏空，人也没留住，图个啥！老付想起过去的自己，眼睛也跟着泛红，话是这么说，病又不能不治，钱花了再赚吧。李妈扭过去身子，话是这么说，指望谁去赚，我这里疼那里疼的，这岁数出去干活人家也不愿意要。李岩到现在也不成人，现在的钱又不顶用，睁开眼都是用钱的地方。老付安慰，他这才二十出头，有他自己的路，你就别操心这么多了。李妈回过身，坐在石头上，捶着腿说，我这才算明白，你那时候的心。老付弯腰摸了下石头，挺牢稳，跟着坐下。李妈继续说，他活着的时候，我心里也烦，伺候病人，不是轻快的差事，人一下子没了，家就空了。老付深有体会，附和着，是这个理儿，就算他啥活儿不能干，躺在那里喘着口气，也是有那么个人，伺候他再累，咱也愿意。李妈问，婶子，当初你是怎么熬过来的？老付笑了，日子长了早晚习惯，你这才几天。李妈站起来，提着垃圾桶要回去。老付让她等下，从屋后的菜园挖出来一把葱，塞到李妈手里，我一个人也吃不了，你留着。李妈接住，扔下句，我现在也是一个人了。

李岩不是学习的料，念完初中，没考上高中，也不愿意去技校。他迷上网络游戏，在家里待不住，跑出去几天不见人影。晚上，村里夜深人静，李岩家的两条大狼狗一阵狂吠，接着又是一阵凄惨的鬼哭狼嚎。李岩撞开大铁门，顺着胡同向西跑去。李永庆提着棍子，跟在后面，“×死你娘，我宰了你吃肉。”隔一阵，还会这样。略有不同的是李永庆怎么骂，是把儿子剁碎了喂狗，还是直接活埋。白天，经一夜的惊吓，乡邻们聚一块闲聊，见李妈出来，逮住盘问，咋回事，还以为出人命了。李妈不以为然，该打，打得轻。儿子的事迹经她的嘴巴，散布出来。白天家里没人，李岩打电话把收粮食的喊来，卖了几袋子，拿着钱又跑去上网了。众人添火，出息了，一般孩子还办不到呢。等李妈走远，她们继续交流，打也没用，也不看是谁家的孩子，也不看他爸是谁，胎里带着的。这是个孩子，不是鸡，也不是狗，死了还能宰了吃肉，可别真给打死了。众人又说起李岩自小心脏不好，好不容易养活，但隔三岔五生病，喘不上气，脸色发紫。细算下来，他住院请北京的医生做完手术，也没几年。又说到，那会李妈还上了当地的电视台，作为“新农合”的典型，感谢政府，感谢党。开了话头，就刹不住闸了。她们又说到李永庆，年轻不正干，犯了事，到牢里清闲去了，把老婆孩子扔家里，这回来才几年，知道管教儿子了，逞能耐，打出个好歹，哭都找不到个地方。李岩手里有点钱，就出去十天半个月不回来。为了不让儿子出去惹事，李永庆买了电脑，扯上网线。

过了几年，李永庆把酒戒掉，不算彻底，只是不喝白的，家里来客人，偶尔喝点啤酒。客厅的墙上贴着一张他哥写的“戒怒”的书法。这么过了几年安生日子，李岩长到十八岁，打游戏之外，又长了本事，把从网上认识的小姑娘带回家。李妈没往外赶，多双碗筷的事。有时逢人还夸赞，这是儿子的本事，能到结婚的份儿，也算替家里赚钱了。自己的儿子没学历，也没本事，还有点病，不好找对象，彩礼一年年涨，还要车要房的。又过了一阵，李妈心态有了变化，出来和邻居们闲话，小姑娘赶不走，也没眼力见儿，吃完饭，碗都不刷，只知道没钱了喊声婶子，往我身上蹭，想吃零食，就拽着我胳膊去超市。那会，李妈在村里打扫卫生，一个月四五百块钱，给他俩花还不够。这对小年轻关在房间里，没日没夜打游戏。游戏打累了，便探寻男女奥秘，动静不小。李岩脾气还行，吵架不动手，只是骂得有点难听。女的走了，十天半个月又乖乖回来。问去哪儿了？她也一五一十老实交代，到别的男孩家里去了。当然，女的不在的时日，李岩也没闲着。我和李岩下面的这次闲话，就发生在这个时候。

这天中午，我刚吃完饭，李岩问我能不能带他去一趟城区。手机里来回聊了几句，他爸不愿意开车送他，他自己又没钱打车，坐公交车还要等，有点不像话，找人太慢，他心里等不及了。他联系不上一个女的，一定要找到她。我们出发，路上，看李岩的样子就知道他已经深陷感情的泥沼了。那女的的情况，他不愿意多说，主要是没力气，至于具体要挽回还是其他什么想法，他也没有一点主意，就是想要见到她。他六神无主，待在家也什么都干不了。他失魂落魄，活着和死了一样。夏天，中午，烈日当空，到处明晃晃的一片。我们有一搭没一搭地说着些什么，又有意回避着什么。接下来的对话，我的说教味很重。我问，你今年多大了？他说，二十了。我说，你有什么爱好吗？李岩笑了声，我爱好打游戏。我说，你觉得自己有什么特长吗？李岩说，对电脑还有些了解，有些小毛病，我自己就能修了。我说，你学学这一块吧，编程什么的。李岩说，我学习不行，上了初中数学没考过三十分。李岩有些心烦气躁，他几乎一夜没睡，联系不到这个女的，让他心里发狂。我说，没文凭没关系，得有门手艺，你爸会电气焊，就不少赚钱。李岩苦笑，他是行，我不熬不了夜吗，身体受不了。我说，干点轻快的。李岩说，没啥意思。他的耳朵扎了个耳钉，我说，我也扎过，长起来了。李岩不再说话。

十几分钟后，到了城区，牛山路上有不少网吧。李岩也拿不准她人在哪一个，就让我挨个停下。从牛山路的西边到东边。我停下，李岩下车，低着脑袋，快步向前，跑进网吧，过一会，又垂头丧气地出来。我问，在里面没？他摇头。又开一小段路，停下。他进去，没一会，又出来。紧接着，向前，旁边的一个网吧，又进去，再出来。往前开，到了路口。我想起来，之前我也总来这边上网通宵。我问他，确定就在这边的网吧吗？李岩摇头，又说，她一般都在这边。我说，耐住性子，找吧。往前开，到了新华书店。我在路边停下，他进去，这次去的时间有点久。我熄火，下去抽了根烟，在想会不会出什么意外，正打算抽完这根烟进里面时，李岩出来了。这次，他把头低得更低了，缓慢走着，似乎炽热的阳光把他晒干了。到了车里，我发动汽车。他说，回去吧。我问，找到人了？他说，在里面。我看着他，等他说。都过去了，他苦笑几声，把脸埋在两只手里面，出了一层水，分不清是汗还是泪水。我抽出一张纸给他。往回走，我说，感情的事，勉强不了。一阵沉默，到了镇上，经过一个五金店。李岩瘫在座椅上。我指给他看，这个店是我初中女同学的父母开的。李岩没搭腔。我说，我初中那会喜欢她。李岩多少恢复了精神，看着我。我继续说，前两天，我从这里过，看到她正好站在门口。初中毕业到现在，快十五年了，我第一次见到她，还和以前一个样。我伸出手，喊她名字，打了个招呼。她应该看到了，也可能没看清，车就开过去了。

十五年后的一天。我回村，看到李岩从村口出来。回到家，吃完午饭，我在微信上问他，你回来了？ 他说，回来了。我说，我在你家门口，开门吧。李岩打开门，我走进大门，他没有在前面引路，落在我后面，我也就没继续往里走，两个人站在门框下。我问，你刚才干啥去了？ 他说，家里没鸡蛋了，我去买了几个。我从抱厦向里看去，客厅有点乱，但远不至于没办法招待人。他察觉到我的目光，解释说，太冷了，屋里阴冷，还是外面暖和。我说，这几天还算天好。李岩说，家里啥也没有，冰箱也关了，东西也让我妈都拿走了。我说，你也不常回来。李妈前两年又找了个老伴，住在另外的地方。我问，你家的两条大狼狗呢？ 李岩说，我爸早就宰了吃了。我看到墙根摆放着一堆的花盆，有些植物已经枯萎。我说，你爸没了四五年了吧，公事时我正好在外地，没赶回来。李岩说，嗯，差不多这么久了。我说，这些花都是你爸养的吧，该浇水了。李岩说，你要不搬几盆，家里没人管的，都让人搬走了。我说，我也不会养。我走近看了一会，有几盆已经干了。我问，你回来待几天？ 他说，住十天半个月的吧。顿了下，他说，方便面快坨了。我说，我还以为你吃完饭了，你先吃吧。

说完，我往门口走。他把我送到门口，照例客套了句，再来。我留步，要不我看着你吃吧，还想和你说点话。说完，我又走进去。李岩坐在沙发上，掀开方便面，旁边还有一盘炒鸡蛋，他大口吃着。我环顾四周，墙上贴着一张泛黄的结婚照。我问，你结婚几年了？他说，八年了。我说，你今年才多大？李岩说，整三十了。我说，那你结婚也太早了。他苦笑了下，快过不下去，想离了。我说，没孩子是容易离。他说，要不上。我问，你还记得有年，咱俩一块去城里找人吗？他点头，记得。他埋头吃方便面。我们没说话。我脑海中想到，李岩还只有几岁的时候，大夏天，大人乘凉，我们趁着黑，捉迷藏，你追我跑，出了一身汗，他身上还有一股好闻的奶香味。现在，他啤酒肚不小，穿着棉拖，裤脚耷拉到地。我又想起，李永庆还活着的时候，有年盖后面的车棚，我去打下手。中午，我在他家吃饭。那时，在座的，还有李岩的小叔，但我不记得他是否在家了。那顿热闹的饭局，如今，成了眼下，我和李岩坐在这里，看着他吃方便面。李妈不在家，李永庆也不在了。我说，你爸那时候很喜欢钓鱼。李岩说，鱼太多，我都吃腻了。我问，你不喜欢钓鱼？他摇头，我坐不住。我问，你这还玩游戏吗？李岩说，不玩了，电脑在这里，都好几年不开机了。没意思。我说，你妈做的红烧鱼很好吃，我吃了一次，就记住了。他端起面桶，喝了口咸汤，她现在做给别人吃去了。

诗人

我到青岛的来年夏天，认识了劲辉。他和我同岁，也是一九八六年出生，生日比我早一个多月，当时二十四岁。他主业写诗，和许多混迹在北京边缘文化圈的年轻人一样，也做过不少其他可以在简历上添加名号的事。比如，客串过两部独立电影。据说影片参加国外的影展时，他在里面的怪异形象给国际友人留下了深刻的印象，起码在冗长乏味的片子里可圈可点。一是，披头散发（他那时留着及胸长发）被吊在半空中，努力摆出敦煌飞仙的姿势喝啤酒；二是，在那部根据真实失踪事件改编的影片中，他夜宿在荒山的棺材中。升仙和棺材，共同指向了死亡和幻灭，在几年后成为他遭遇的隐喻。此外，他写剧本，摆书摊，策划艺术展，编纂社科类的书籍，都是些朋友介绍的赚点小钱的活儿。

劲辉自大学退学，入京城，五年多没有上过班，过着闲散的个体艺术从业者的生活。朋友对劲辉的评价褒贬不一，一是说他天资聪慧，博闻强识；二是说他行为乖张，恶习加身。又因前一条，后一条习性上的不妥，也多被宽容。尤其是在北京这些聚集了全国各地以艺术家自称的人群中，也不那么显眼，甚至没有缺陷的正常人，更为人所不齿。我认识劲辉时，他经过五年颠沛流离、居无定所、毫无规律的生活和严重酗酒后，形如一个混迹于城乡接合部以捡拾垃圾为生的流浪汉。身高一米六左右，身形精壮，酗酒和饮食不规律，没有让他变得脑满肠肥，头发或披散或束起来，给人感觉蒙着一层顽固的灰尘。他操着一口湖南普通话，眼神因略微近视，又不戴眼镜，总是眯着看人。苗族人的生猛和狡黠融为一体，大概遗传自祖辈在危险丛生的茂密山林中养成的对周遭环境的警觉。

我是后来才意识到，劲辉离开京城来青岛，并不是单纯来见下诗友、混个饭这么简单，他是为自己找条出路。显然，过去五年在京城的点滴（他在一篇文章中自述："五年以来，花天酒地却又颠沛流离，冬天骑车旅行，夏天走路旅行，坐火车、轮船，足迹遍及全国各地；干过编辑，演过电影，当过模特，做过枪手，参加过抢劫团伙，99%的时间是无业游民；接触过性工作者、辍学女高中生、女精神病人、同性恋；写诗，写小说，画画，也唱歌；喝酒，醉酒，打人，也被打，住酒店旅馆，也风餐露宿；像影子一样跟随我的，是讴歌，是谩骂，是敬畏，是侮辱，是冷眼白眼，是夹道欢迎……数之不尽，不想再言。"）

让他有些失落，虽处在文艺中心，但远离中心，喝汤吃肉远没有自己的份儿。我当时自然明白这种内心的煎熬，二十四五岁，进入社会四五年，总觉得应该成就点名望。依托在京城交往的一些业界名流（这个存疑，多为老混子，混了个脸熟），那么去省外，多少会被人重视和款待。比如，我就是其中一位。

见到劲辉前，我对他已有耳闻，读过他博客贴出的随笔和诗。随笔主要是以流水账为主，记录了他和朋友们的日常生活，以及行为艺术（暂且这么说）。他们有一个"废小组"的团体——其原则为：玩前人之未玩、流而不下、行为而不艺术——时常做一些看似匪夷所思，却别有风味的事情，如进行过沉默之旅（七十二小时不说话）、絮叨之旅（七十二小时连续说废话）、三轮之旅（轮流骑一辆三轮车至山东）、增肥之旅（连续三天猛吃猛喝）等十七八次主题旅行。其中，劲辉年龄最小。二〇〇五年冬，他从西安骑自行车至河北邢台。二〇〇七年夏，他步行沿长城从河北水头至北京陈家堡，又经太行山腹地，到达湘鄂交界。炎炎夏日，约一千公里。路上所见所感，他贴到博客上，夹杂着各类哲学或当地典故，虽博学，也有卖弄之嫌。除此之外，更多的是他和几个朋友在宋庄的日常生活速记，在各类小馆与某某喝酒，酒话连篇，喜，怒，夜宿在哪儿。为了省钱，劲辉时常步行十几公里回宋庄。配图可见宋庄的民房，简陋、破败，院子种着蔬菜。和劲辉同住的画家刘秀，几年如一日画一组杜尚与少女下围棋的油画。

这几年，当代绘画市场火爆，更有名利可捞。半年来，劲辉也在绘画，虽无成形作品，却已在简历中缀上“画家”。那幅画，名为“西西弗的丫头”。对于劲辉最为看重的诗，我没有多大的震动，风格口语，生猛直接，并无多少新意。自二十世纪八十年代的诗歌热潮过后，诗人并不是一个可以添彩的名号。文坛如此，何况在普罗大众的眼中。不久后，劲辉携带着自己打印的诗集，行走全国，见各地民间诗人，为自己宣传造势。当时，一个纪录片导演随行。多年后由大胜整理素材，剪辑成纪录片公布于众。其中有个画面，绿皮火车上，劲辉对面的女青年翻看了打印诗集后说道，这些我也能写。劲辉不发一言，只是轻蔑地微笑。女青年说，你的脚好臭，应该洗一下。说完，拿起行李，去了别的地方。

初次见面，劲辉把用A4纸打印装订的诗集给了我一份。出于礼节，我当场翻看，首先想到里面的间距和字号若是再缩小一些，能节省不少纸张，也会少用点钱。我选了几首说，写得不错。我也写过几年诗，在这方面没有多少才能，或者说比我写的好得太多，就转而写小说。小说写得好的也不少，但我总觉得自己能写出点名堂。这是后话。我到时已近傍晚，在老城区这处民居改造的小饭馆的院落中，劲辉和同行的大胜已经喝得眼神迷离，瘫坐在座位上。上个月的一次诗会上，我和在座的一个前辈认识了，他在八十年代写过诗，后来经商，早已辍笔多年，但和文友保持着密切联系，比如劲辉在北京混迹的几个哥儿们，每年会来青岛度假几日，招待食宿也都是他分内之事。我推测，他们酒局进行到一半，不可避免会聊起刚过去的诗会，前辈记起我，就把我喊了过来。劲辉这次来青岛，也是受诗会的启发，认为此地有金主可以投靠，不仅是吃喝，还可以资助他完成作品，以及宏伟的目标。摆在海鲜和酒杯间的打印诗集，可谓敲门砖。说实话，我对劲辉的初次印象并不好，过于傲慢，很快就喝得烂醉如泥。

后续我还关注着劲辉的博客，得知他正酝酿着一系列宏伟计划，诗集要印一百万册，写完一部百万字的自传性长篇。这些豪言壮语，混杂在他与诸多诗人的骂架中，并没有让围观的网友严肃对待。不切实际，异想天开，也是这些艺术从业者的标配。不消说，劲辉在与人对骂时的率真，更令我欣赏。当时，我正以每天固定一千字的速度写长篇，内容没什么可说的，以自身的经历为蓝本，写刚毕业大学生前途迷茫的现状。我想依法炮制上一本的情况，签约出版，赚些版税。眼下，对我来说，没有更好的出路。因为上一部长篇签约和获奖，女友暂时默许了我专职写作的现状，小说进展困难，白天女友上班，我窝在租住的阁楼上写。一般中午时，我下楼去附近的农贸市场买点煎饼馃子之类的。若是写作顺利，也奖励自己打点散啤，价格控制得当。为了专心写作，住处没扯网线。晚上，我和女友躺在床上，看她从办公室下载的电影。一般是我告诉她想看什么，她就下什么。那阵子，我热衷于好莱坞的血浆片，简单粗暴，不用动脑子。

过了一个多星期，劲辉给我打电话，他言语热情，似乎我们上次见面相谈甚欢。最后，我们约好见面。我已经看完了他的一部以五年喝酒生涯为底本的小说，十万字出头，前面一个章节，是关于他个人成长和如何退学去京城的经历，给我留下了极为深刻的印象。劲辉的父母早年离异，父亲再婚后，他遭受继母的虐待。他学习优异，若不是高考语文作文故意扯上政治，本可以考上清华北大。这种不识时务的天真劲儿，到大学里更加放浪，他常在网上发表各种过激言论。后面那些流水账，就缺乏意思了，无非是各类酒场纪实。劲辉初到京城时，和一个女高中生有过一段痛苦的恋情，最后以家长干涉收场。文字可以赋予一个人更加立体的形象，那些袒露心迹的告白，与现实中劲辉的孤傲交融后，让我感觉这是个值得相处的人。况且，我也没什么谈得来的朋友。

这一个多星期，劲辉住在离我几公里远，一处高架桥下面的小旅馆里。上午十点多，我找到旅馆。房间没人打扫，床头桌上摆着烟灰缸和剩菜，洁白的床单已经泛黄，地板砖上流淌着啤酒。我给他买了一条烟，放下后，我们在附近找了家火锅店。没到饭点，只有我们一桌客人。我以为他爱喝酒，点了几瓶，他没动。多年酗酒，他把肠胃作坏了，只能吃点金针菇和流食。简单吃了几口，菜还没上齐，他就着急去网吧。到了网吧，劲辉像换了个人，生机勃发，回帖，浏览论坛，和外地的诗友视频，还饶有兴致地介绍我，这让我心情有了好转。

后续的几天，我们频繁见面，和岛内各色艺术从业者喝酒，劲辉的状态好坏以对方是否夸赞他的诗而定。酒局因朋友的财力，分为两类，一类是饭店包间，一类是露天的啤酒屋。后者更符合我们的气质，不论哪种，动辄三四个小时的酒局对我这不喝酒的人来说，如同噩梦。谈话敷衍，千篇一律，乏味，且自以为是。后来，我就很少去了。又过了十来天，劲辉说他要开始全国巡游计划，拜访各省诗人，为自己的百万册诗集造势。正好周末，为了饯行，我邀请他来我住的地方。女友让他把脏衣服带过来，给他换洗。我们住在八楼，没有电梯，阁楼呈倾斜状，十几平方米，只在门口以及卧室的前半段能直起身子，其余空间都要躬身前行。有时，我会爬出窗外，到屋顶上抽烟。过去十来年，电脑坏了几个，我和劲辉的合影还留着。八月份的天气，我们光着膀子，瘦骨嶙峋，或分坐或站在红色屋顶上。劲辉在热水器边叉着腰，睥睨天下。我倒是一副愁容，除了困乏，也有对朋友造访的不适应。女友站在窗户边上喊我们，四周没有栅栏，她胆小又恐高，怕我们失足掉下去。

劲辉走后，又过了几天，我给他写了封邮件。那些话其实压抑已久，又不好面对面去表达。文字间夹杂着不少我对他不自知的负面情绪，更多的是担忧。我一度以为他生气了，又过了几天，劲辉在安徽临泉给我回信。共十条，其中三条如下：

1. 我们相交还少，了解不多，你的很多忠告，基本上不对位，我也没过多可以解释的。

5. 我对自己的认识非常清醒，过分的赞扬，或给面子式的赞扬，也就听听而已，从不放在心上，就像我对漫骂或误解的态度。不同的是，根据对方的态度和动机，我的应付办法不一样。总而言之，我为人处世的态度：八风不动。

10. 关注和尊重是两码事。但你只有先被关注，才构成被尊重的基础。

他最后的赘语：先说这些。这些意见你可以选择公开或不公开。我无所谓。

我没有公开，后来我想，他大概是希望我公开的。这种理性，和他博客中的戾气，对比鲜明，大概会校正他在他人面前的形象。也是这封邮件，让我更加心安地作为一个旁观者，去观看劲辉的表演。长达两个月，我从劲辉的博客中，知悉他每天的行程，见到了哪些诗人，吃饭，又或是做了什么，朋友给了他些衣物和烟，也记录在内。山东、河北、陕西、四川、湖南、浙江、广东，他在中国的版图上画出一个弯曲的图案。在广州，他和人发生冲突。离开某地后，他与一些人交恶甚至互相谩骂。这都成为固定的戏码。一些朋友对他的建议和忠告，无一例外都会遭到他的批驳和戏弄。劲辉开始自称“九五之尊”。我能想象，他在某地网吧写下这些激奋文字时的状态，还有他脸上兴奋又轻蔑的神情。其余的时间，劲辉的内心，更多的自然是失落。他没有得到足够的关注。

劲辉走后，我从喧嚣回归平静。偶尔有朋友约吃饭，我也称有事。夏天过后，小说进入尾声，但不尽如人意，陷入自我怀疑。唯一的期待，小说发行后会带来名声。我总是盲目乐观。国庆节，我和女友回乡领了结婚证。领证当天，我们坐在旁边的公园里，彼此的眼中闪现了片刻迟疑，内心质问是否就这样交付给了对方。后来几乎是怀揣着视死如归的决心，携手走进民政局。婚礼定在两个月后，中间我们没时间再回来，五天假期需要筹备的事情繁多，好在我们没有婚房，只简单买了一些家具和各类用品，但这已经让人精疲力竭。一天夜里，我们躺在床上，听着老鼠啃噬木头的声音。这间存放杂物的屋子，将是我们的婚房。单人床的下面，堆积着我上学时的书本，散发着阵阵霉味。回乡的短暂几天，严重挫败了我的文学梦。父母老迈，房屋破旧，到处捉襟见肘。马上要成家，对家庭毫无贡献，也没能力支撑未来的生活。我在考虑是否应该找个工作，而不是无望地去拖累家人。这种情绪，在我坐上火车，离家乡越来越远后得到缓解，更为重要的是妻子对我的鼓励和支持。我没有别的路可走，找份工作也并不会短时间内让生活有多少起色。

巡游全国后，劲辉回到京城宋庄，携带着诗坛网络讨论的余温，稍作休整立刻和朋友们策划了一系列行为艺术活动。其中一个人从公厕里捞出蛆，吃了十几条。这是劲辉的主意。至于他，又做了个诗歌公厕的行为艺术——在公厕贴上打印的诗句。从发布在网络上的照片看，劲辉状态不错，神态自若。到了秋天，天气转凉。去年冬天的寒冷历历在目，阁楼没有暖气，取暖器效果不大，妻子怕冷，多盖一床被子也无济于事。搬家提上日程。恰好妻子同事合租的房子，要空出一间卧室，且她们公司就在马路对面。空出房间还有段日子，妻子下班后，我们简单吃完饭，提前收拾东西。一天晚上，天已经黑了。劲辉打电话，说他又来青岛了。我们在附近找了个火锅店，二楼，客人不多，妻子以庆祝我们领证的名义，点了不少菜。劲辉穿着北京女性朋友送给他的毛绒豹纹外套，包裹得像是暴发户。劲辉回来已经有些日子了，他兴致不高，总是提到两个人，一个是公司老总，一个是收藏家。口吻亲昵，只喊名字，不喊姓。这两个人，都有可能资助他的艺术事业。他绝口不提百万册诗集的事，交给我他长篇的一个章节，一万多字。我这时明白，过去几个月他所做的，只是想证明一下自己的潜质，但最终要落实在别人的资助上。这段日子，劲辉住在朋友空闲的房子里，远离酒局，减少社交——除非有公司老总或收藏家邀请——大部分时间在网吧通宵写作。我们分别谈了对未来的规划。对我来说，近期大事，一是，搬家；二是，十一月底回老家结婚。等我们回来，再办酒席宴请朋友。劲辉说，不出意外，他还在。后来，他话少了，几乎没吃东西，一瓶啤酒还剩半瓶。他提到了三次，想有个笔记本电脑，这样就不用去网吧，写作更快。我附和说，让汤总送你个，他还差这点事。劲辉没再接话。

饭后，劲辉竭力让我们去参观他住的地方。出租车在老城区狭窄的街道中穿梭了十几分钟，下车后我们又沿着街道走了好一会。喝了点酒，我整个人的状态不错。劲辉脚力好，走在前面，我和妻子落在后面，担心他是否能找到路。一进门，劲辉简直换了个人，脱下大衣，身体舒展，动作也勤快了些，忙拿出各类零食让我们吃，说是朋友的，没事。两个房间，四五十平，各类家电齐全，几个书柜都装满了书。劲辉虽然贫苦，但没把物质看得太重，当然这些也本不是他的，是没把朋友的东西看得很重。后来，他没打招呼，就把这些家电变卖了，我也不觉得奇怪，这是他能做出的事。半个小时后，妻子说明天还要上班，我们就走了。走时，劲辉有些不舍，总说让我们再坐一会。我感觉应该说点什么，但当时并不觉得有什么，一切向好，何况我们还年轻，十年前，我们二十出头，头脑活跃，急于向世人证明些什么。但后来有那么一个时刻，我完全理解了劲辉的行为，四处引战，渴求关注。只是这身躯壳之下，还有颗孤独且柔弱的心灵，他渴望陪伴，需要一个温柔且能接纳他的伴侣。我们走后不久，劲辉又去了网吧，大概又是一个通宵。这天凌晨，劲辉发的博文，一口气列了九条，自我肯定，夸大目前的处境，背后有金主支持，要名扬天下。照例，他又骂了圈内的人，并配以漫画——他手持加爵牌铁锤，案头上放着几个人头——要对几个诗人进行压碎性打击。

搬家后，每天中午，妻子过条马路回来做饭。小说创作已经结束，我每天都在焦急等待出版社的消息——实际上要等到几年后，小说才发表。我准备再写点别的，写不出来的日子让人痛苦。我从妻子脸上，发觉她对我文学事业的失望。他们——妻子、妻子同事和男友——上班后，只剩我和一条狗。有半个月左右，我没见到劲辉，听说他的几个朋友来了。从始至终，都是他主动联系我。再见到劲辉，他鼻青脸肿，从网上我已经知道，他和当地的一个诗人打架了。对这件事的缘由，他并不想提，我也没多问。他坐在电脑前上网，告诉我想租个房子。晚上，妻子做的咖喱土豆鸡，我们都没喝酒。这之前，我接到一个老哥的电话，这段日子都是他在资助劲辉。电话大意是不堪其扰，说了一些劲辉把他朋友房子里的家电都卖了，惹恼了不少人，提出希望我帮劲辉找个住处。劲辉提了几点要求，最好是在老城区，方便和朋友（这里主要指我）见面。租期短一点，房租不要太高，他手头没有钱。说完这些，劲辉盯着窗外的夜色，氛围有些沉闷。一会，他喃喃自语，关于他的创作计划，还有画材，一件件在他看来都千头万绪，很难理清。我们都没再提老总和收藏家资助他的事。

妻子在网上找的房子，在高架桥下面，紧邻中学，交通方便。一楼，算是半地下室，月租五百。几天后，我帮劲辉搬家，两包行李，并不重。我提着全部行李，劲辉走在前面，这让我有些生气。房子潮湿，脏乱，没有交暖气费，并不比流浪汉的境况好多少。我也没有收拾的心情。

我坐在沙发上，抽完一根烟就走了。这是我和劲辉最后一次见面，他留给我的形象，定格在我走时他瘫坐在沙发上那一幕，沮丧又无助。

我回老家结婚前一天，接到老哥的电话，他说刚把劲辉送上回京城的火车，让我劝他不要再回来。我不清楚这十几天发生了什么，可多少能理解他的感受。劲辉出事后，我从亲历者点滴的随笔中了解了一些。我把劲辉当时的遭遇，和我的生活进行对比。他在中途下车，把鞋子、钱包、身份证等随身物品扔了，在街头流落两天后被治安大队送进收容所时，我在一百多公里外的老家，和父母一道为婚礼的细节熬灯。当我为第二天婚礼现场发言而失眠时，劲辉正在精神病医院里吃着饭就把裤子脱了。当我回青岛，京城的朋友也正赶到医院把劲辉接走。因筹措几千块的医药费拖延了几天，把他送上了回湖南老家的火车。酒宴办了两桌，主要是妻子的同事和朋友。我们端着酒杯，接受众人祝福。劲辉回到老家，断药几天，状态起伏不定，时常梦到孔子形单影只驾车周游列国。如果说，新婚是一种生活的开启，那么，劲辉也在进入另一种生活。几天后，劲辉以光头形象，在网上晒出精神分裂症诊断证明，以寻求帮助。我问他怎么样。他语气正常，说没有事，就是按时吃药。后来，他完全消失了。

劲辉死后，又过了一个星期，消息传开。开始的几天，我接到几个质疑的电话，认为这又是一次行为艺术，有炒作的嫌疑，如同前阵子他张贴的诊断证明。如果真是这样，就好了。又过了几天，劲辉的几个朋友到他老家走访，形成文字，公布于众。不同于死讯刚传出来时，网络上各色人等的作秀和用情过重，大家终于可以坦然面对他的死亡。事情差不多就是这样的：春节过后，还没出正月，劲辉出门去找工作。下午时分，他在郊区的一座桥上，来回踱步。桥头一家鱼店的服务员，听到一声沉闷的响声。桥上踱步的年轻人不见了，他跑到桥上往下看，劲辉双腿悬空，上半身落在二十米下的水泥桥墩上，渗出一摊鲜血。过往的渔民驾船把尸体运到岸边，民警赶来确认死亡，再抬上救护车，拉去火葬场的停尸间。一天后，大街小巷张贴了认尸通知，邻居告诉了劲辉的家人。

从劲辉留给父亲的遗书上，可知他出门时已经抱有自杀的念头。之前，他的博客设置了私密，无法观看。遗书文字简短，多是对自己的反思，比如没有获得世俗性的成功，没有结婚生子，辜负家人期望，想从事艺术，又一直没成。他自述有三次改变人生的机会，当兵、上学、就业，但都错过了。他说，现在特别怕坐车，也不认路，不愿与人打交道。朋友凑给他的几千块钱，回到家后用来讨好继母，买了各类礼品送亲友，欧兰宁没再吃，吃了一阵子中药。这么多年，我又面对过至亲、朋友的死亡，每次痛哭时，都会先想起得知劲辉死讯的那个午后。我的难过，并不止于劲辉死亡本身，而是针对他的处境。一个小地方出来的人，想要做点事，究竟有多困难？当初劲辉回到家乡就是个错误，我只能这么理解，也对此深有感触，因为亲人的失望会对自尊心造成伤害，发现没有人会正视自己的价值。劲辉死时，身上还怀揣着当地报纸的一页招工信息。

我经常在想劲辉死时的状态，摔在水泥桥墩上时发出的闷响，他是当时断气的，还是又过了一会？弥留之际，他在想些什么？渔民用什么工具把他打捞上岸？派出所的民警拍下认尸通告上面的那几张照片时，会如何看待这个年轻人？是否会单纯认为他是一个生活或感情受挫的年轻人？关于劲辉的死讯，短时间内全国各大地方的报刊腾出豆腐块的位置进行了报道。几个月前，劲辉还在为自己的全国巡游寻求各地文友协助，希望能进行报道，但响应者寥寥。如今，他获得了短暂的名声。此后，劲辉还要作为自杀的诗人，屡次与顾城、海子等人一道列入名单。只是，他的那些诗，很少有人再提。

前不久，我回老家整理东西，翻出一个袋子，里面装着笔记本和几沓打印稿。十年前，劲辉出事后，我去他租住的地方收拾遗物。地上满是烟头，茶几上的剩饭剩菜已经干涸。被褥布满霉斑，仍保持刚起床时的样子。枕头上是大把的头发。他的几幅未完成的油画，斜靠在墙根，《西西弗的丫头》已具雏形——一个牛头人身的怪物。劲辉的衣物发霉，不能再穿，我卷包扔进垃圾池。其余留的东西倒也不多，只收拾了两个背包。我坐在沙发上，对面厨房的门半开着，从窗口能看到外面行人的双腿。抽完烟，我挑了笔记本和打印稿，自己留下。十年过去，它们一直放在老家客厅的书架下面，盖着帘子，和我那阵子写的小说放在一起，没发霉，完好如初。现在，我翻开它们，劲辉在旅途中写下的文字，字迹潦草，却也不难辨认。其中有些篇目，当时发布在他个人博客上，大多数也都有留档。其中还有些随想，以及当初写给他看重的几位师友的信的初稿，每篇都有这样几句：我潜藏已久，现在要浮出水面。请在不损害自己的前提下，尽量帮我一把。又赘句：不勉强。

在《给所有帮助我的，我骂过或互骂的朋友》这封信的最后，他写道：好了。以上也是我对没有任何意义的侮辱、谩骂，最后的公开表态和回应。最后一句话，请永远不要怀疑我的决心和勇气，以及低估我的野心和手段。2010.9.12。于成都到西安的火车上。

业余

罗运生二十七岁那年第一次坐飞机，从济南到成都，两个多小时，登机的整个流程对他来说都有些陌生。因为看不懂登机牌，他差点错过了登机口，一路跑去，飞机马上就要起飞，空姐站在舱口对他说，只差你了。后来，他还坐过飞机，没犯过这类错误。但在空旷的候机大厅找不到登机口赶不上飞机的梦境，取代了自少年时频繁出现的低空飞翔的梦境。多年后，关于这次飞行，留给罗运生的几个记忆点，都和生理以及视觉体验相关。起飞时，瞬间失重，心脏到了嗓子眼。降落时，机身短暂震颤，心要从胸口蹦出来。升空，大地逐渐渺小。万米高空，置身于蓝天白云间的罗运生总是忍不住向舷窗探去，试图看清各类地貌，从平原到崇山峻岭，脑海中浮现出祖国的地图，画出一条飞行线路，把山川、河流进行对照。这次旅行，对罗运生生活上的改变，除了这一点，还有就是本篇的主题，他开启了持续至今羞愧又蹩脚的编剧生涯。

罗运生经过漫长的学徒期之后，有序自律的写作没几年，且毫无名声，称得上作品的只有一本半年前自印的小说集。受邀来参加这个活动，对他来说是个意外，并不符合其身份。其中几位诗人、小说家虽不在主流体系内，但在民间有着广泛的影响力，是罗运生的文学偶像，切实塑造和影响过他。追星的兴奋迅速消退，同为写作者，内心的骄傲和谦卑让罗运生在整个活动期间，都处在唯唯诺诺和无所适从中，如在黑暗中伸出手触摸桌子上的水杯，怕太过用力把杯子碰倒，又总是因为力度不够摸不到任何东西。

到了安排的酒店，罗运生先前联系的当地诗人本柴已经到了。前年本柴游历全国，以纪实体验的方式写长篇，曾在罗运生那边住了一个月。参加诗会的共十几个人，外地的大多从北京过来，要晚上到站。本柴说早到的嘉宾和当地的诗人出去喝酒了。罗运生听了下人名，都是些前辈。罗运生明白本柴没去，等自己是一方面，主要是他也年轻，去了无非听他们说，没什么趣味。寒暄几句，到了饭点，罗运生和本柴出门吃饭，在酒店大厅遇到一个肥头大耳、身形短促的诗人在打电话。那些罗运生学生时代就熟悉的诗句涌上心头，诗人成了一具热带雨林中的成年大象，塞满了整个酒店。

小说上市后反响不好，本柴多少有些失落，吃饭间隙如他小说中絮叨且神经质的主人公一般，畅谈对自杀最新的思考。至于文学，本柴说，这些已经和我没什么关系，我已经被时代抛弃了。他向罗运生推销比特币，建议他拿出钱买几个。罗运生根本不知道它究竟是什么，以为又是本柴尝试的不靠谱的玩意儿，什么去中心化，为自己的失败人生加码。几年后，比特币大涨，他也不觉得可惜，就算是再给他一次机会，对未知和不信任的东西，他还是不会去碰。

诗歌朗诵会在头尾酒吧，海报贴在门口，游客们进出，偶尔在海报前停留片刻。距离下午的活动开始还有时间，附近景点没什么可逛的。老诗人们分坐着下象棋，罗运生随着其余几个过去打完招呼，闲站一旁片刻，又去外面露天的凉椅上四处张望，彼此无言。天气闷热，湿气重，几个立式大功率风扇，一刻不停地吹来冰碴。不时有文友进出，对罗运生这张新面孔表露一脸疑惑。长期居住在偏远的小地方，靠在网络论坛上的活跃所建立的存在感荡然无存，他很快就明白了一件事，没有作品是无法获得尊重的，世俗意义上的成功也是虚弱的。从众人的目光中，罗运生意识到自己不应该来。

活动开始，现场挤满观众，多数为路过的游客。嘉宾陆续上台朗诵，读诗或者小说的片段。罗运生朗诵了最近新写的小说中的一段，几百字，因只想尽快念完，夹杂着山东口音，没等众人反应过来，他已经下场躲进了人群中。罗运生和其余人又看了接下来的节目，心想之前在网络上那些热闹的活动照片，实际多半也如此无聊。对照着一张张衰老的面孔，他心想这已经不是诗歌的年代，也不是文学的年代。有人在后面拍了下罗运生的肩膀，一回头发现是这次活动的主角老马。昨晚他临时又回北京开了个会，下午急忙又飞回来。此时，老马伏在罗运生的耳边言语，说出邀请他来的缘由。一个朋友把罗运生的小说集给他看，他觉得挺有意思，恰好有这么个活动，就喊罗运生过来玩一下。没来得及多说几句，老马就被人架走了。好一会，罗运生都沉浸在那种虽说是客套但又不乏真诚的热情中，心里暗自佩服老马在这类场合的游刃有余。老马在旁边的软座区被一对举止殷勤的男女左右挟持，偶尔言语，爆出一阵笑声。女的身姿妖娆，手在老马的上身游走不定。人多，空气不流动，一个多小时过去，大家汗流浃背，精神疲沓，没人关心舞台上还在发生什么，直到出现一个穿着彝族服装的壮汉，用彝语激情澎湃地朗诵，重新点燃了台下观众的热情。朗诵完毕，在众人的掌声中活动结束。他们移步到旁边的餐馆，酒菜早已备好，白瓷碗碟闪着亮光，菜肴精致，只是让人缺少口欲。气氛热闹，相互敬酒，罗运生手持高脚杯，总是担心自己举止不够恰当，实际上没人注意到他。

后来，他们又转场去了酒吧，在露天的空地排成一溜，像是农村的流水席。罗运生终于可以隐藏在黑暗的角落里，丢掉交际时的面具，观察周围人的脸。几十个人分成三四拨交头接耳，离罗运生最近的是一个当地女诗人，眼睛大到离谱，留着齐耳短发，穿着吊带，瘦得皮包骨头，胳膊和胸口各有一处几何线条的文身，她正在分享前不久在尼泊尔、印度等地的旅游见闻，经过几个月嬉皮士般的乡野生活，她的身体出了些状况，不能长时间端坐。罗运生这才发现，她随身带着一个靠垫，塞在椅背和腰的位置。一会，女诗人说太没劲了，张罗几个年轻人去她家里。

女诗人刚搬了家，客厅堆着还没拆封的纸箱，墙上挂着她画的油画，线条抽象，色彩斑斓。五六个人各自找到位置席地而坐，女诗人端来酒，说里面加了些助兴的东西，强调不伤身体。后来，罗运生喝多了，光着膀子，没头没尾说了许多，对其他人的点评以不屑为主。后来，他躺在地板上，两只手臂举起来又放下，周围的人在谈论宇宙到底有没有边界和对未来科技智能化的担忧。女诗人坐在椅子上，端着酒杯，一脸幸福地目睹这场闹剧。凌晨，女诗人送他们下楼。罗运生感觉糟透了，全身乏力，情绪绝望。

回去后，有很长一段时间，罗运生意志消沉。他发现自己内心孱弱，视野稍微被打开后就无所适从，总是忍不住回忆那几天的点滴。他把这种自毁式的情绪投射到写作中，以知耻而后勇的干劲奋笔疾书。两个月后，他接到去北京的电话。前后三天，开会讨论剧本，主题是一个人如何在短时间内发财。与会的包括导演、女编剧，以及项目出品人老马和公司的两个员工。罗运生没接触过电影和编剧的相关知识，被拉来开会，第一天不停喝茶、抽烟，听导演分享刚杀青的电影的幕后故事。因女主角是社会大哥的女人，他那半个月在当地花天酒地前呼后拥，感叹这要是拍出来比那些香港电影精彩。一天下来，赔笑和应酬让罗运生精疲力竭，晚上回到酒店给女友打电话，自嘲中又对这些人充满不屑。会议第二天，罗运生站在面板前，说了十几分钟关于电影的构想，刚开始激昂，到最后自己都不相信说的那些玩意儿，灰头土脸地走下台。第三天，罗运生摸清了他们的性格后，不抱有任何不切实际的期待，只把这当作没有意义的交谈，整个人不再唯唯诺诺，开始变得健谈，以成功艺术家在谈到早年窘迫处境时的洒脱口吻自嘲。罗运生回绝了留下来工作的机会，缺乏能力是一方面，后续要租房，动辄几个小时的通勤，都让他觉得没有必要。这并不是他想要的生活，编剧也不是他的追求。罗运生把自己塑造成文学青年，穿着和打扮也有意靠拢——长发、皮衣——他伏在电脑前的姿态和祖辈们扛着锄头翻耕土地时的躬身没有任何区别。影视行业无疑是一块肥沃土地，只是他没有这方面的技能。罗运生觉得自己就像一块混杂着粪便和化肥的土地，在商业社会中扔在哪里都是碍眼的，但继续耕种下去，这块土壤生产出的文字也没多少价值。

罗运生忍受着孤独，他笔耕不辍，挖掘自身，创作题材多聚焦在贫穷、无望、散漫、无序的青年人。那几年，罗运生过得不顺，一些事发生得太过突然，结婚，父亲去世，生子。他被生活推着走，受自己掌控的东西越来越少。罗运生一次次骑着电动车去镇上的邮局问稿费，对自己的期待越来越低，一些内心深处的劣根性冒出来。女儿学会翻身、说话、走路，这是罗运生生活中为数不多的乐趣。同学在酒后总以成功人士的口吻，指导他的人生路应该怎么走。妇女主任找他写中国梦征文，奖品是锅碗瓢盆。罗运生作为异数，成了村民交头接耳的谈资。罗运生照常坐在客厅的电脑前打字，白天过于吵闹，夜深人静时站在天井里抽烟，昂头望着夜空中暗淡的星辰，荣光始终没有落在他的肩上。

年底，春节将至，预想的稿费迟迟没有到来。罗运生从邮局回来的路上，看着路边停满的各类车辆，大小的肉摊前围满的人，认为自己应该丢下不切实际的幻想，在附近的工厂找份工作，当个操作工，按时上下班，每个月有固定收入。这么一想，罗运生心中坦然不少。接受自己的平庸，并不是一件容易的事。挣扎和苦闷之下，他用卡佛、赫拉巴尔来安抚自己的内心，让自己担负起家庭重担，写作不是一时的事，不用计较眼下，踏实工作也是体验生活，为以后的写作积累素材。罗运生度过了一个清贫却又轻松的春节，和亲人达成和解，一起展望未来平淡的生活。

惊蛰过后，下了一场春雨，泥土散发清香时情况有了新的变化。多年的努力，终见成效，积压的小说发表，新书提上日程。罗运生获得了微弱但又令人惊喜的名声，他找到一份不需要坐班的兼职，给北京的一家影视公司审稿，薪资比在附近工厂上班的收入还高。他买了些编剧方面的书，小说创作暂时放到一边。家里伙食改善，可以肆无忌惮地吃肉。过完一个夏天，罗运生发福了，眼神温善，脸庞日渐圆润，走在路上能从容应对村民的目光。

地里种上麦子。罗运生收拾行李，多年后再次去北京。助理把罗运生引到会议室，说刘导和制片人在开会。刘导年少成名，拍广告片，一出道就拿下国际大奖，央视播过他的一集专题片。罗运生对刘导的情况多少有些了解，他进军电影界，想复刻在广告界的成功，拍了几个电影，但上映后收到的反馈并不好。罗运生看到会议室墙上挂着的那些海报，最显眼的无疑还是至今被认为是业内标杆的广告片，至于电影海报，无非几个装腔作势的大明星。刘导走进会议室，罗运生毫不意外说了自己在上大学时看他专题片的往事，虽然在旁人眼中多少有些吹捧的嫌疑。这次项目是关于讨债的，这些年各种网贷丛生。为了这个项目，他们前期走访了不少网贷公司，掌握了一手资料。女助理打开笔记本说了些行业趣闻，不同于人们对讨债人员涉黑的刻板印象，这些人有血有肉，各有苦衷和不易。两个小时的会议，他们相谈甚欢，达成了合作的意向。

几天后，助理发来剧本合同。对罗运生这样没有作品的编剧新人，稿酬数目可观。预付款到账后，对方不断传来各类资料，罗运生把精力放在剧本上。妻子在带孩子之余，关注各类楼盘信息。罗运生陷入创作的痛苦中，烟瘾越来越大，一次次开会，让他焦头烂额。创作热情熄灭，能按照合同完成并拿到钱，成为他唯一的动力。罗运生养成此后多年的习惯，一个人时振振有词，妈的，骂自己是个傻×。入冬后，大纲通过，进入一稿创作。罗运生把存放粮食的东偏房腾出来，搬了进去。他在饮食上不加节制，昼夜颠倒地躺在床上写剧本，多数时刻在抽烟中度过，每一场戏都是一道坎，嘴巴生疮，头发大把地掉。有天晚上，罗运生梦到奶奶。二十多年前，她就是在这张单人床上咽气的。梦里的罗运生还是那么小，奶奶把他叫到床前，递给他一沓稿纸，满满地写的是剧本。白天苦思冥想的一个情节，赫然出现在上面。罗运生从梦中惊醒，拿出手机在备忘录上记下来。耗时两个月，一稿完成，两个误入歧途的兄弟，从欠债到催债，心路历程转变，典型的商业片套路，混杂着喜剧、罪案、打斗等元素。完稿的当晚，罗运生走出屋，院子里还有一堆前几天的积雪，状如喜马拉雅山脉。月光下，他扯下裤子，撒了一泡尿。几年后，有记者用文字提问罗运生，让他描绘一个理想的写作场景。他的回答如下（把写剧本替换成写小说）：有一年冬天，在村里，半夜，家人都睡了，我在屋里写小说，进展顺利，暖气逐渐退去，感觉有些冷，起身去天井排尿。几天前下过一场大雪，雪堆在月光下，状如喜马拉雅山。我不禁想到自己是一个参天巨人，有意将巍峨的雪山冲出几十个黑乎乎的洞。后来，我乐起来，觉得自己还挺像那么回事。

一稿完成后，结清了百分之三十的款项，手头的钱刚够房子的首付。一个月后，网上到处都是项目的主投公司负债濒临破产的新闻。半年前罗运生去的公司总部，如今已经被讨债的各路人马占领。不久，公司负责人跑到美国，说是去筹钱，隔三岔五说肯定要回国，但再也没回来。他忍不住问助理，得到回复，刘导还有别的项目，之前项目暂缓。罗运生一方面希望项目黄了，不用再继续往下写；另一方面又迫切需要这笔钱。最终项目黄了，刘导托助理带话给他，希望还有机会再合作。

后来几年，罗运生又接过电影项目，但无一例外总遇到各种变故，他至今还是一个没有任何作品的业余编剧。对他来说，写剧本只是一份时有时无的兼职。罗运生曾短暂从伟大的影视作品中感受到作为编剧的荣光，但他已经接受了自己是这个行业中的混子这一事实，也明白这些事并不是自己所能掌控的。他还明白自己缺乏专业编剧的一些素质，比如与人沟通，齐心协作。罗运生靠写的那些小说，有了一些可怜的名声，他多少有了胡乱写的自由。偶尔，罗运生也渴望有一天在大荧幕上看到自己的作品，但这更多是出于虚荣心而已。有时，罗运生还会想起，多年前在成都女诗人家中的那晚。众人的面目都已模糊，谈话的内容也记不清。这些年，罗运生在其他城市的饭局上，还见过其中一些人。有人结婚生子，为生计所困，转行不再写作。有人销声匿迹，没人知道女诗人在哪儿。有人生病，命悬一线，愈后无法进行长时间的思考。有人陷入对文学的怀疑中，张口闭口都是大师和经典。罗运生很少喝酒，疾病找上门，每天按时吃药。生活和写作都远没达到预期，罗运生一想到这点就生自己的气。

聚会

那年，我二十五岁，结婚一年多。父母催婚也只是一方面，相较于对我没有稳定工作的埋怨和指责，远没有对我构成困扰。更多的是，我和她同居一年多，彼此熟知到这种程度，如果不建立婚姻的契约关系，除了分开，就没有另外的选择了。当然，这不是一篇关于婚姻题材的小说，只是当作一个人物背景来介绍。多说几句，即便当时我已经结婚一年多，但对婚姻的认识并不深刻，粗浅都谈不上。十多年后的今天，也才能说多少有些认识，能在未婚年轻人面前以过来人的身份，谈一些所谓的大道理，其嘴脸谈不上好看。当我说出这些托词，年轻人多为不屑，对我心生可怜，他们不会重走我的老路。当初，我在亲友聚会中看到夫妻之间彼此漠然和视而不见，也曾充满疑惑和不解，如今我已经全盘接受。我明白这一步步是如何发生的。夫妻双方朝夕相处耳鬓厮磨，在生活琐事的磨砺下如果还对彼此充满了探究的欲望，甚至相敬如宾，那只能是自我欺骗，或是他们过于忽视对方，以及从未抵达过亲密状态。

一纸婚约并不能让我从内到外脱胎换骨，以家庭为己任，也不能指望我对婚礼当天所发出的誓言有多么深刻的认识，毕竟我们没有面临诸如生老病死等严峻的考验。我不高尚，也并不卑劣，我只是一个欠缺社会经验，也没有什么诱惑摆在面前被考验心智的普通人。往深里再说几句，一事无成，没有能力，卑微，仗着年轻，自以为前程远大，却经常陷入自我怀疑，对社会的诸多不公单有愤怒，却也束手无策，还停留在以蓄着长发来表现自己特立独行的文艺青年的阶段。但婚姻还是带给我和妻子或多或少的改变，没有以老公老婆等称呼彼此，还是直呼姓名，可我们双方更为紧密也是不争的事实。拿争吵来说，婚前婚后呈现出了不一样的心态，分手和离婚的后果不可同日而语，尤其是为了这点琐碎的小事，诸如饭菜不好吃，或是单纯看对方不顺眼。受委屈的一方——通常是她——夺门而出，即刻打电话是没用的，她也不会接，过了半个小时，她快要回来时再打个电话过去，她已经气消了大半，绕路走了一圈，在附近徘徊。要是不打电话，她也会回来，但性质完全不同，不仅气没消，又责怪你不在乎她，也不担心她，回来免不了还要继续吵。电话中乞求她回来，一见面，她先不好意思，先前的事也不提。后来再吵架，等她出门过了半个小时，她看到我的电话，接起来说正在往回走，言语中还有些不好意思。回来后，她略带羞怯，说几句狠话，诸如再这样就不和我过了。此后一段日子，妻子行为殷勤，静等下一次争吵。婚姻也的确需要这样发泄情绪的渠道。何况，就当初我的境况来说，不说生活无望，也和享受不沾边。妻子能跟我一起生活，倒真的是需要勇气的。

十多年过去，我还会想起刚结婚那两年的事。记忆点主要是那间不景气的店铺，电脑里至今存着不少相片——当时没有智能手机，都是用数码相机所拍——拍的是每次店铺上新的女式衣物和饰品，还有妻子的闺密们来店里试穿衣服的照片等。那时我大多在楼上，不是写东西就是看书。我很少出现在镜头中，有我的几张照片，也总是一副闷闷不乐的样子。二楼有一张沙发床，平时收起，晚上关门后展开，也是我俩睡觉的地方。电脑中还有几段视频。果肉文学论坛发起了一个影像活动，叫“果友的一天”。我拍了几段一分钟的视频，先是拍店里的情况，再骑上电动车沿着柳泉路拍街景。如今再看，画面粗糙，行人穿着打扮确实有了十多年前的陈旧感。前两年柳泉路道路扩宽，店铺所在的街道的沿街房被拆除，猪龙河的河道显现，生活污水横流，臭味熏天，经一番治理，又在两边栽种了绿植，便与后面被夷为平地的原小商品市场一道成为市民休闲散步的街心公园。风貌荡然无存，只有记忆留在心中。还没入夏，蚊虫渐多，直到秋后，也不见少。入冬后，河道水汽弥漫上来，店里阴冷潮湿，挂式空调起不了多大的作用。一楼三十平，二楼低矮的阁楼当杂物和卧室，只在刚上楼的那一块能直起腰。阁楼上放着一个电热器，晚上我和妻子盖着两床棉被，紧贴在一起。店铺前后经营了两年多。从刚开业的那一个月，营业额就差不多固定了，只随换季和节日有所浮动。我们的情绪被营业额牵动，生意好时心情舒畅，萧条时垂头丧气。前者不常有，且期望被点燃后带来的总是失望。我们坐在店里愁容以对，顾客上门，看的多，买的少，再一次次怀揣失望把她们送走。时间一长，我对所有上门的顾客都不够热情，当她们决定买时又突然变得殷勤。如此势利，我有些瞧不上自己。

只在妻子外出或进货时，我才偶尔看店。她在店时，我大部分时间都在阁楼上，不论是打字看书，还是发呆干别的，都算是为当一个作家而绞尽脑汁。我不想把自己搞得太过悲壮，一意孤行，或是想象头顶上有一束微弱的光芒，在我的奋笔疾书下光圈变大，逐渐照耀着我消瘦的身板。我的头顶只有倾斜的屋顶，房间光线灰暗，狭小的窗口中生锈且快要报废的抽风机缓慢转动。午后，齿轮在地面上投射出硕大的阴影。我面对电脑，心思也总被楼下顾客的讨价还价声吸引，心烦意乱，期盼她赶快付款走人。很多时候，我并不知道要写什么，硬挤出点文字，多为自己苦闷的情绪，这起码会让我心安，自己并不是无所事事。没有刊物发表，出书更是一种奢望，小说主要贴在果肉论坛上。当时大家的注意力都在微博上，人头攒动，不羞于袒露心事，嬉笑怒骂相互调侃。遇到不公之事，动动手指转发和评论，以天下为己任，企图在这个新兴的社交平台上改良社会。写作者们也适时调整阵地，把还散发着指尖温度的文字，贴在微博上，“艾特”上一长溜的互关好友，静等转发和好评。不说文学再次繁荣，也的确长势喜人。我在阁楼上刷着微博，不知不觉间一天就这么过去了。头脑昏沉，自责虚度时光的同时，不无愧疚地再打开文档奋笔疾书一阵。如果说有什么成果可言，那就是交到了几个此后保持了十多年友谊的文友。我当初稚嫩勤奋且抖机灵的身姿，想必还镌刻在他们人到中年被俗世纷扰的脑海中。如今，偶尔有更年轻的写作者对我表示尊敬和喜爱，被过去的文友撞见，自会心生一句，他当初什么德行，现在倒成前辈了。至于他们是否会为当年没坚持写下去而心有不甘，这就不得而知了。

文学论坛成了被人遗忘的角落，但不论是因为无处可去，还是基于友谊，抑或是生活上的惯性，依然还有人在坚守阵地。单拿果肉来说，这里聚集了全国各地的文艺爱好者。论坛的入口记录着单日最高访客人数为一万多人，不过这也是多年前的事了。我成为果友时，每天论坛大概有三百多人次的访客，注册会员同时在线有几十人，活跃人数在一年的时间内由上百降至几十人。这一年最热的帖子有两个，一个是专事收藏电影和电子书资源的果友新开的分享各类稀缺电影下载资源——主要是以限制级和色情片为主。过去了大半年，还在不停更新。除了表示感激的帖子，其他多为果友求各类刚上市书籍的电子版。另一个帖子是前一年的年底，本柴为写长篇计划游历全国，发帖征集各地果友的接待，炸出来不少潜水的生面孔，为此论坛热闹了一个星期。果肉分为两个板块，一是生活区，二是写作区。前者多为分享各自生活，以及求助提问等信息；后者是果友们不定时发布的短文，包括诗、小说。考虑到论坛的属性，大都短小精悍，超过五千字，便被抱怨太长了。与同时期其他的文学论坛相比，果肉上没有严肃谈论文学的气氛，也没有主动求发表和出版等功利性色彩。经过几年的筛选，还在坚守的人也有着近似的审美和志趣，他们把文学当作一种热爱，又不吹毛求疵，随性阅读且不延伸意义，对于各类佶屈聱牙或看似前沿的外来文体的创新并不感冒，甚至多少有些鄙夷。自有其他文学论坛，继承西方文学大师们的遗志，进行小说的本土化嫁接。果肉上的诗或小说帖子下面的留言乏善可陈——写得好，不错，真勤奋等——多为题外话。比如你在小说中描述一个穿粉色短裙的姑娘，会有人问，为什么是粉色短裙，是不是有特殊性癖好。还有好心人立刻奉上照片和种子，延伸讨论友邦的性文化产业，扔出几本学术性的著作，高罗佩的《中国古代房内考》、埃利斯《性心理学》、弗洛伊德《性学三论》等。其他论坛上的人对贴出的小说、诗歌，不惜笔墨去阐释、分析和批判，动用令我这样的人看来不知所云的术语。反观我们，学历不便炫耀，有朝一日写出名目也是自学成才，只能用天赋傍身。果友们一团和气又冷清的发言间，弥漫着难能可贵的自由的气味。它如收容所一般，聚集着我们这些浅薄无知的学徒，给予了我至今看来都难舍的温暖。

这种无欲无求闲云野鹤般的氛围和创始人本柴是分不开的，文如其人，本柴的诗和小说也是这样的气质，看起来浅显直白又与众不同。他自写作开始，外界对他的评价就是极端两极化，既是业内前辈和文友们口中的天才，又是网友和大众眼中玷污诗歌的罪人。在我们这个有着悠久诗歌传统的国度中，他天才之作的口语诗，十余年间每隔一两年在批判“口语”“废话”的运动中都会被提溜出来进行一场全民游街式的大批斗。纸媒、网络平台、电视上贴出本柴那张在某诗歌朗诵会上清瘦的照片。连年的网络暴力，加上有次他在朗诵会上被台下的观众扔酒瓶，本柴成为甘地在中国的拥趸，身体力行，在自己的地盘上不以老大自居（这也是果肉异于其他文学论坛的一点）。相较别的地方，其创始人拥有出版和发表的资源，这里确实也没有任何的利益可图，本柴能做的无外乎就是依靠其自学的计算机知识，日常维护论坛和给果友们制作电子书，后面这一项可以满足我们写作梦想的福利，在他迈过三十岁后也甩手不干了。他在文字中时常流露出自杀的倾向，生活无望，没有前途，不论作家还是导演的梦想——他曾手持DV拍过几个粗制滥造、成本几乎为零的影片——都已经无路可走。我们把这作为谈资，并认为这是本柴为自己树立的厌世人设。

两年多以来，我是发帖踊跃的写作者之一，概因我正处在把写作冲动当作写作才能的阶段，并不像其余的人有份糊口的工作，把文学梦想深埋，只在上班的间歇来论坛张望两眼，互动几句，身份也逐渐从写作者退至文学爱好者。

果肉论坛有个传统，每年举行线下聚会。自论坛成立的五年来，聚会都在成都，也是本柴所在的地方，参加的也多为成都的果友，偶尔有那么一两个从外地赶过去的。六七个人，有男有女，没有什么主题，找个小饭馆吃饭，在路边的茶摊喝茶。自本柴买了一个二手的数码摄像机，他深埋已久的导演梦终于有了实践的机会，让果友客串他的电影短片，情节脱胎他的小说，利用现成的场景，体现他的B级片美学追求。在饭馆包间，酒过三巡后几个光膀子的黑帮成员进行谈判。有女果友的话，就被男的在街上跟踪。这些情节放到现在，看着也没什么新意，各短视频平台上俯拾皆是，可在刚迈进新世纪的那几年里，的确需要些成本和懂点剪辑。照片和影像资料在聚会后的一两个月内，成为论坛的热帖，果友们追问下次聚会能不能换个地方，不要总是在成都。

那半年，本柴背着夸张的旅行包——有果友接待他时所拍的照片为证——里面装了笔记本、睡袋、防潮垫、锅碗瓢盆等野外求生的所有物品。他已经游历了大半个中国，北到牡丹江，西到喀什，南到海口，那本基于旅途所见所闻而写的长篇小说，也进展大半。我认为本柴是希望自己死在路上，成为一个传说。和本柴过往的人生一样，这次他还是事与愿违了。他一米七八的个头，体重不足一百二十斤，背包如巨石一般。对文学史略知一二的，首先会想到美国的垮掉派。他忍受着便秘的痛苦，维持着对生活精致的个人追求，比如爱喝咖啡，我不清楚作为一个生于浙江海岛上的南方青年，这样的习惯是如何养成的。本柴口味不算挑剔，但进食严格，对全国各地琳琅满目的饮食不屑一顾，热衷于去肯德基和麦当劳这些口味一致的洋快餐填饱肚子。本柴每到一处，会有提前联系好的果友接待，不过也可以说，他只去有果友在的城市。好在果友遍布全国各地，若不方便住在家里，本柴一般选择去青年旅社，和陌生人身处一室，这无疑也是一个汲取素材的好机会。本柴把这一路上所遇到的人——当然并不是全部——写进小说中。果友是肯定要写进去的。这激发了众人接待本柴的热情，不停追问他什么时候来自己所在的城市，我当然也是其中之一。被本柴写进书里是一份殊荣，不说可以拿出来吹嘘，也的确让人遐想小说中的自己会是什么样。本着民主的原则，论坛对聚会的地点进行了投票。和往届的冷清不同，许多平时不发言的果友纷纷报名。

聚会定在上海，时间为八月下旬。从报名算起，还有两周左右。此时，本柴正在南京，停留超过一周，在果友皮球的家中借住，每天定时去附近的咖啡馆点一杯咖啡，写几首诗贴在论坛上。皮球毕业于某电影学院摄影系，如今在一家高端婚纱摄影公司当摄影总监，工作时间不固定，到了夏天，夜景渐多，把本柴扔在家里，半夜回来小酌两杯，在客厅的投影仪上放点偏门的艺术电影，贾木许和塔可夫斯基是他经常挂在嘴边的名字。以上这些生活细节，取材于本柴的散记。我先前从未参加过类似的文友聚会，更别说要去上海。但我还是按捺不住内心的渴望，对其进行了美化，海明威在巴黎旅居所写的《流动的盛宴》无疑为我提供了关于文友聚会的遐想空间。不论是自大还是盲目，谁没想过自己有朝一日也成为世人皆知的文豪。退而求其次，也应该像本柴那样被赞誉为天才又被大众唾弃，头顶“地下小说之王”的头衔，在英年早逝后成为传奇，让后世的大批拥趸去缅怀和效仿，继而登堂入室，把同时代那些冒牌的货色踩在脚下。妻子坐在我用红砖垒砌的柜台后说，你要真想去的话，就去吧。我向她分析这次聚会的重要性，其实能有什么重要的。作为曾经的文艺青年，妻子去过迷笛等音乐节，对这些都再清楚不过了。这又是生意平常的一天，征得妻子的同意后，我站在店前，下午六点多，东边的柳泉路上川流不息。一会妻子走出来，我从后面抱着她，安静地看着眼前的一切。还没走，我已经畅想回来时的场景，我希望自己能带回来一笔巨款，在妻子的脸上看到喜悦的笑容。而不是如现在这样，听到她沉默背后的叹息。

晚上九点多，列车过了兖州，一批乘客下车，列车员说软卧还有空位。我交了几十块钱，跟在列车员的后面，穿过几节车厢。列车行驶在旷野，外面没有一丝光亮，车厢内微弱的光亮让车窗成了一面暗色的镜子。我脱下鞋，躺在床上，背包放在里侧，里面也没什么贵重的东西，几件衣服，钱包里只有几百块钱。先前我坐过几次火车，有在硬座上坐几个小时的，也有没有座位、席地而坐十几个小时的。这是我第一次睡卧铺，过了好一会，尽管身体疲惫，我也没睡着，听着车轨有节奏的咔嗒声，随之晃动。我想到小时候，躺在铺满麦秸的马车上，父亲坐在前面，拿着鞭子，口中喊着，驾、驾、吁、吁……几个月前，父亲死了。我想了会他，尽可能去想他年轻时的样子，身体康健，力大无比。越是这么想，出现在脑海中的都是他最后时日的病容。

早晨，车厢恢复热闹。小孩子跑来跑去，婴儿在哭闹，列车员推着售货车经过。我买了一瓶水、一个面包，吃了两口，嘴巴里的味道没有那么苦了。厕所前面有人排队，我等了会，进去刷牙，洗了把脸。出来后，在车厢交接处抽着烟，看着窗外的景色。江南树木茂盛，远处有村落点缀。不一会，就有一片鱼塘。回到车厢，对面上铺的乘客，盖着自己带的毯子，露着长发，身体向内，还在酣睡。我坐下，从背包里拿出一本书。具体什么书，我早已经记不清了。当时，智能手机还没有普及，旅途中的人们用报纸和书来消磨时间。火车站的报刊亭，《参考消息》颇受中年男人的喜爱，国防军事、国内外政坛逸事，尤其是过去领导干部们的野史和人际斗争。或许，我当时并不是从背包里掏出小说，而是拿起被乘客遗落在座位上的各类杂志，津津有味看着诸如国民党特务和上海滩女影星的香艳过往。

回忆是不可靠的，上面所描述的，也只是一次拙劣的虚构。我的确中途换了卧铺，但至于具体都做了什么，十几年后，我对当时的细节早已经忘得一干二净。若说让我记忆深刻的，是在几个小时后，我出了上海火车站，不确定是打车还是坐的地铁，总之，我到了西藏南路，在高架桥下来回走得满头大汗，也没找到青年旅社。我给本柴打电话，又顺着高架桥走，终于在一个拐角的巷子里找到。登记入住，本柴领着我去房间。一间屋，两张上下铺，本柴在进门一侧的下铺。另一张床的上铺，小龙正在睡觉，她赶了一夜的火车。我放下包，和本柴来到大厅。本柴说，过会有个老果友过来。我们边等边说各自的近况，都属寒暄且没话找话的范畴。我问他小说进展得怎么样了。他喝了口自己泡的咖啡，先笑起来，说想法太多，不知道要成什么样，十一月份应该能写完。又补充说，安华已经决定要出这本书了。我问，他这次也来吗？本柴说，明天晚上他请我们吃饭。本柴前天先到的，在安华的别墅住了两天。这个人有强迫症，本柴说，我实在受不了他。我笑起来。本柴说，妈的，有钱人的毛病格外多。老果友来了，他俩叙旧，我听到一些熟知的人名，大部分都不认识。为了照顾我，他俩也问了我几个问题，让我觉得自己的存在有些多余。其间，我越看他的脸越觉得熟悉，说道，我看过那个短片，里面有你。话题引到几年前的聚会，他说已经很久没上论坛了，也很少写诗。

我去卫生间，回来坐到另外的沙发上，翻看报刊架上的杂志，其中有本《体育画报》，封面是科比捧着自己的第五座奥布莱恩杯，也是他最后一座。这是一年前的旧杂志，专题文章讲述了科比过往的职业生涯，猜测他是否还有机会拿到第六个冠军追平乔丹。我至今还记得这一幕，有赖于他在十年后的坠机身亡。小龙睡眼惺忪地坐在我对面，大热天穿着长袖衬衣，下身牛仔裤，留着短发，比我当时的头发还要短一些。她拿起一本杂志，腼腆看了几眼。我来回问了几句，知道她家是芜湖的，父母在南京打工，平时和奶奶住在一起。小龙在职业学校念酒店管理专业，暑期放假没事做，看到论坛聚会就跑过来了。一时也不知道再说些什么，我们就这么看了会杂志，直到旁边的台球桌空出来。我问小龙会不会打台球，小龙说，没打过。我说，打一会吧。一局打完，用了十几分钟，再打一局似乎也没必要。旅社的南边有家沙县小吃，我们四个人点了米粉和蒸饺，味道一般。我们回去又坐在沙发上说了会话，中途我困了，回房间躺在床上。后面的老旧居民楼，每家的窗户伸出一根细长的竹竿，衣服看起来都是老年人的。等我睡醒，天已经有些暗了，小龙坐在床上，靠着墙，手里拿着一本书。我问，他们呢？小龙说，又来了两个人，在大厅里聊天。

本柴、先有等四个人走在前面。先有手里提着一瓶在餐馆里没喝完的啤酒，间歇喝上一口，回头看我们一眼，招呼向前走。他是我们当中年龄最大的，已过三十五岁，一年婚龄，刚成为一个女婴的父亲。先有向本柴抱怨在广告公司的枯燥生活，监督工人们安装户外广告，当工人们操作不到位，他忍不住谩骂时也对自己心生厌恶。（七年后，我在上海再次见到先有，饭局中段，他从郊区赶过来，他已经离婚多年，没有工作，跟着老师傅学习雕刻。不一会，先有拿着酒瓶席地而坐。时间并没有让他更加衰老，耳鬓的白发只是表象，他没有成为中年人，他比我们更年轻。）到了 KTV 的包间，先有一手提着啤酒一手拿着话筒，坐在地上唱罗大佑的歌，唱黄舒骏的歌时，在一旁安静不语的河上拿起话筒合唱，其嗓音清澈让我们有些意外。后来，良华来了。他从广州坐飞机赶过来，进包间时我们起身为他不远千里来相会的举动鼓掌。这是那几天他受到的最为热情也是仅有的注目。我和他坐在一起，问了下各自的情况，他一口粤语，也不知道他在说什么。本柴等人嚎叫般唱着九十年代的摇滚歌曲，淹没了我们的说话声，我们只好不停碰杯，直到把两箱啤酒喝光。他们几个上海本地的还没散，本柴、小龙、我、良华先回旅社了。深夜的街头，两边店铺早已关门，我们喝得都有点多，走路打摆，踏着地上横流的污水。本柴谈兴大开，感慨互联网的伟大。作为一个在海岛上出生的羞怯男孩，他自幼喜欢看气功大法、武林秘籍、侦探破案等，对人类未解之谜和身体构造尤为热衷。初三时，本柴创作了一本侦探小说集，在同学间传阅，里面充斥着凶杀和色情，其中关于碎尸的情节因描写过于详细，有个女生看完后呕吐不止。老师抄没了小说集，让本柴写检讨。他辩解这就是文学，他要当作家，也要像福尔摩斯那样匡扶正义。本柴成为同学和老师眼中的怪胎和危险分子。他度过了极为痛苦的青春期，身边没有朋友，写出的东西成为大家的笑料。文学承载了本柴所有的寄托和幻想，也将他孤立。没有互联网的出现，他在现实中不会有勇气和异性说话，估计三十多岁还仍旧是处男。这就很好地解释了本柴的小说字里行间都是屁股和乳房，主人公动辄跟踪姑娘，而姑娘们一律都美丽善良，热情大方，理解他的性苦闷。

我们躺在床上，闭上眼睛，在黑暗中漫无边际地闲聊。后来，我们聊起和文学有关的神奇时刻。本柴作为话题的提出者，显然早就准备好了答案。一九九六年，十七岁的本柴从老家来到杭州求学，读新闻与传播。用他的说话，这只是逃离家庭的手段，学业自然没那么重要。延伸来说，到他三十多岁流窜全国，逃跑一直是他的手段，他把自己定位为现代间谍和古代侠客的综合体。在学校，逃跑就成了逃课。当时本柴迷恋神怪小说，想写一篇《西湖水怪》。和他许多半途而废的小说一样，这篇也至今没完成，底稿在后来的数次搬家中遗失。他带上吃的，坐公交车到西湖边，找个长椅，拿出纸和笔，对着湖面发呆，一坐就是半天。秋后的一天，本柴照常坐在长椅上，戴着耳机，听着用生活费买的期盼已久的索尼随身听。湖面上游船不时划过，一个老头走过来，坐在长椅上，搭话问，你在干什么？本柴说，写小说。老头问，你觉得鲁迅小说写得怎么样？本柴说，他写得当然好了。他心想又是一个自以为是要教育自己的好事者，准备说几句一会赶紧走人。老头笑起来，说我见过鲁迅。那笑容，本柴说，他妈的，就像是昨天还在鲁迅家里吃过饭一样。本柴当场蒙了，指着不远处山上的雷峰塔，你说的是《论雷峰塔的倒掉》的作者鲁迅吗？老头说，中国还有第二个鲁迅吗？老头自豪的样子，就跟眼前的西湖是他家的一样，不，比这还自豪。本柴摇头。黑暗中，我们屏住呼吸，等着本柴继续往下说。他察觉到了我们的期待，并不急于说出下文，自顾笑起来，他妈的，那可是鲁迅，可是写出《孔乙己》《孤独者》的鲁迅，我当时看着自己在本子上写的东西，脸都红了。老头望着湖面，不再说话，等我继续问。要是换作平常，我肯定不搭理。现在我当然没别的办法，问他到底怎么一回事，像在问福利彩票的中奖号码一样。一九三四年，老头十二岁，父亲生病死了，他的二叔在上海的知味观当厨子。老头从杭州乡下去上海投奔叔叔，留在后厨打杂，没工钱，能吃饱饭。老头说，我念过几年私塾，菜单上的字能认齐，到了饭点，服务员人手不够，我就去前堂跑腿。在老头的诉说中，灰暗的天空，阳光从乌云的间隙射下，照到我们身上。本柴歪头看着他，心已经到了嗓子眼。老头说，一个留着上唇胡、穿着袍子的人，总是来吃饭，个头和我差不多，我那时候就一米六了。他每次必点扒猴头。来的次数多，他也认识我了。有次点完菜，客人没到，他问我多大，怎么没去上学。他问什么，我就说什么，还问我哪道菜是我二叔做的。后厨三个厨子，我二叔拿手菜是东坡肉。有次我上菜，他喊住我，让我去外面给他买彩凤烟，叮嘱我要买两盒。剩下的钱，他没要，我揣兜里了。老头陷入回忆，脸上布满的皱纹起了波浪。那段艰难的日子里，鲁迅给的这一点零钱，成了他用以傍身的唯一的私房钱。他抽烟太凶了，包间像着火了一样，能把人呛个跟头。本柴问，鲁迅和照片上像吗？老头说，他脸色不好看，发暗，头发特别硬，腰板总是挺得很直，喜欢笑，看着不起眼，但有他在，他就是主角。老头思忖片刻，似乎又回到了包间，眼前浮现出热闹的聚会。又说，他牙不好，都快掉光了，吃菜总是用右边嚼。本柴问，和他吃饭的都是些什么人？老头说，这我就不清楚了，都是些识文写字的读书人，也有日本人。不到一年，我奶死了，二叔和我回杭州奔丧。家族里人少，我就留下了，没再回上海。过了一年多，有天我在棉纺厂经理的办公室看到一张报纸，鲁迅死了。十月份，入秋，也是这样的天气，还有些热。我指着报纸说，我认识他。他们都不信。我活到战后，有了儿女，又当了爷爷姥爷。后生们上学，课本上总有鲁迅的文章，我也跟着读过几篇，说《孔乙己》里的店小二就是我。我这是骗他们，大先生写它的时候，我还没出生呢。不知不觉天色已暗。老头说完，笑着走了。本柴坐在椅子上，望着湖面，一直到天黑，觉得这他妈的太不真实了。他讲完，我们都没说话，沉浸在黑暗中，似乎鲁迅在我们的屋里抽烟。过了不知道多久，我忍不住说，他妈的，这不会是你编的吧。本柴说，我怎么能编这个，要说编，也是那老头，我说的都是真的。我们已经没有兴趣再说自己的文学奇遇。至于那个老头，本柴还经常去西湖，再也没碰到。本柴遇见老头时，他七十多岁，若是活到现在，也是近九十岁的高龄了。本柴念完大一，拿着大二的学费再次逃跑。这一跑就是十多年。十余年里，他短暂工作过，加起来不足两个月，小说和诗偶尔发表，有点收入。几次要出书，因各种原因夭折。本柴点子多，在网上售卖手写诗。走投无路时，也经朋友介绍，给出版商当枪手，写点通俗小说，但这比食不果腹更让他难受。无奈之下，他开口向家里借钱，前提是要回家住一段日子。本柴回到海岛，身为长孙，没工作，不结婚，是家族里的败类。

早上，我醒来时，小龙的床铺空了。本柴说，她走了，说是去找同学。我们说了几句小龙的事，诸如她性格孤僻，还在青春叛逆期，出远门身上也没有手机。本柴递给我一张纸条，小龙留下一句话：我的文学神奇时刻，是这次见到你。其中的“你”，当然是本柴。我喊了句，操。良华进来，已经穿戴整齐，只见头发还是湿漉漉的。良华拿出眼镜布擦拭镜片上的水珠，调整粤语发音，向普通话贴近，问我们上午有什么安排。本柴说，也没什么安排。良华说，鲁迅公园离这边不远，要不要去看一下，他的墓地在里面。本柴说，我去过。我说，我不喜欢到处走。良华说，外滩要不要去看下，还有上海书城。我摇头。良华说，你怎么什么地方都不想去呢。良华临出门前，本柴说，下午早点回来，晚上一起聚餐。

本柴给自己泡了杯咖啡，端着铝制的杯子站在窗前，心情不错，忍不住笑起来，仰头看着我问，你想过发财吗？我说，妈的，这谁没想过，我连买张彩票都能失眠。本柴来了兴致，坐在床上，两条腿像是交叉的筷子，一只脚晃动着，挂着摇摇欲坠的人字拖，你觉得怎么能发财？我从床上下来，坐在下铺，我要是知道的话，我现在早就发财了。本柴指着自己的脑袋，信誓旦旦地说，创意和点子，最好是一本万利。我问，你想出来了？本柴说，我还在想，只要想，早晚能让我想到，我前两天看了个新闻，美国一个小伙子建了个空白网页，花五美元，就可以把你的名字放在上面，他妈的，这个货半年的时间，赚了十万，这可是美元啊兄弟。我说，把名字放上面，这有什么意思呢？本柴说，没意思啊，这能有什么意思，这就是点子，你可以理解为给自己名字买了个广告位，花五美元，也不算多，你不觉得这个想法很艺术吗，而且这个网页可以写进去无数的名字，想写多少写多少。我感觉不可思议，更多的是荒唐，这他妈的算怎么回事。本柴笑起来，我就等这样的一个点子掉进我的脑袋里。我说，还是聊聊文学吧。本柴说，文学已经过时了，兄弟，我们没有任何前途的。说完，本柴从背包里找出短袖和长裤。背对着我，脊背只裹着一层皮，弯曲如一张拉满的弓。

我们在旅社门口站了一会，阳光刺眼，到处明晃一片。又进去，在大厅玩了一会桌上足球。杰文来了，他热情张扬，论坛上在每个人的帖子下面必回复问好的习惯，在现实中变成容不得片刻冷场，生怕照顾不到每个人的情绪。我和本柴被他查完户口，又继续回答近况，不到半个小时，我俩已经盼望着夜晚赶快到来，无力再去说些什么。杰文敏锐察觉到我和本柴的不自在，就说起自己的人生履历。他在江西的一个小村落里度过了惹是生非的童年，后因父亲做生意，全家搬到镇上。他念完初中，考上县城的高中，本就聪慧的脑袋在父亲欠了大笔赌债后被激发，要为受辱的母亲争气，以全校第三的成绩考到上海理工大学。杰文的脑袋里不仅装着数理化，还有文学的梦想，以及一颗要去流浪的心。王小波和刘雨田是他的偶像，对前者，有一本他自印的以自己在野外的裸体照片为封面的自传体小说为证。那时，他二十来岁，也想爱，想吃，还想在一瞬间变成天上半明半暗的云。后来杰文读到本柴的东西，意识到自己的粗浅（他的原话），自觉放弃文学这条路，只零星写点随笔。他把人生目标锁定到刘雨田，很快便在对方身上找到契合点，同样也是作家梦破碎后热爱上探险事业。杰文希望自己有朝一日，能在荒山野岭中建造一座木屋，茹毛饮血，远离人类。我们都被杰文的想法震惊了，不是他具体要做的事情，而是这件事放在他的身上反差过大。他一米六多的身高，戴着眼镜，穿着格子衬衫，一副柔弱工程师的样子，完全和探险不沾边。再者他如此健谈，是否真能忍受孤独和寂寞避世而居。我忍不住问道，那你打算什么时候动身呢？他喝了口水，诉说自己当下的处境，先从赌徒父亲入手。自从承包鱼塘赚了钱后，父亲又去赌，欠了一百多万后消失了，债主找上门，把他家鱼塘捞干，把家里的货车开走，但凡值点钱的东西，包括杰文上学留下的书也都拉走了。杰文除了按月寄钱给母亲还债，还要供养老婆孩子。好在老婆是上海本地人，房子是自己的，没有房贷。他计划先赚一笔钱，够一家老小两年的开支，再去探险。地点已经物色好了，位于云南德钦县的梅里雪山。我说，你这拖家带口的，自己跑去探险，是不是有点不负责？杰文拍了下手说，所以我要多赚点钱，

焦，泪水已经干枯，而阳光早晚也会将他融化。我伸出手及时搀扶，劝他再住几天，说不定她就回心转意了。本柴摇头，笃定地说，不可能，一切都结束了。有那么一刻，我真怕本柴死在路上，或是殉情。过了好一会，本柴说，我这辈子都不会再来淄博了。我骑着电动车，把本柴送到火车站。他说，《除日祭穷神文》没事多读下，让蒲松龄保佑你早点发财吧，我已经没救了。我心想，蒲老一辈子穷困潦倒，他又有什么资格来保佑我呢。

一年后，本柴的小说顺利出版。上海的三日聚会，他只字未提。他在我这里住的月余，写了几页纸。书中收录了几封信，正是本柴和女留学生热恋时的邮件往来，明显能看出来，直接是原文粘贴，没有进行任何文学手法的修饰，充斥着大量的香艳和不雅的句子，若不是身处热恋当中，很难有勇气读完。可若真读完，也定会被这份短命的爱情所感染。他俩究竟为什么突然分手，小说中没有写，本柴也没有告诉过我。下次见到本柴，我想当面问清楚。只是，我们也十多年没见了。

事迹

六月末的晚上，我和丘河初坐在炒鸡店门口的摊位上。桌上已经摆好一大盆炒鸡，他面前放着一瓶牛栏山二锅头，我面前放着一瓶饮料。此时已过十一点，路边的人不多。好多年前，我们经常在县城的这片地方聚会。几年没来，变化并没有想象中那么大，一如丘河初坐在我的面前，除去原先的平头留成稀疏得可见头皮的长发，身形和姿态如故。他抠着指甲的垢污，因困倦或者了无兴趣，耷拉着眼皮，不时看下手机。我时而设想和丘河初再见面的场景，他几次都以各种理由推托，我就不抱希望了，也的确没有足够的理由促成我们见面。四年间，我们对彼此的生活一无所知。我再去问他，他的反馈都模棱两可。父母身体如何，还好。老婆和孩子，也还好。丘河初没有问我任何情况，只是低着头，不时端起酒杯喝一口，吃一口菜。我们的友谊已经结束，如果不是李加荣今天凌晨在家里突然死了，我们也不会坐在这里。我看着丘河初，他对李加荣的死，也没表现出多大的吃惊或者兴趣。

几个小时前，丘河初说他有事，我便单独去了李加荣的家里，进小区时，在黑暗中，那些往事扑面而来。自高中时，我就经常来他的家。凭借记忆，我找到地方，李加荣的姐姐独自坐在外面的石凳上，眼泪哭至枯竭，整个人萎靡如连根拔起又在烈日下晒干的树。打过招呼，我上台阶，走进一楼东户。家中，祭台早已布置好，狭小的客厅里弥漫着焚烧黄纸的烟雾。（如今我已经记不清李加荣的遗像用的哪一张照片，它和我当天晚上发在朋友圈里用于悼念他的黑白照片融为一体，分不清楚。大概率不是用的我特意选的李加荣生前他最喜欢的军容照，那是他最英姿勃发的时刻。）看到遗像，我手足无措，习惯性地下跪，磕头，在犹豫是否烧纸时，李加荣的母亲从卧室出来，我们抱在一起。感受到她身上的温度，我无法抑制地哭泣起来，这才确认我的朋友李加荣真的死了。出来后，我开车经过城区，感觉所有街道都被李加荣过去二十年的身影占据。在我的心里，一场规模宏大万人空巷的葬礼开始举行。我不打算在这里过多着墨，他需要一篇更有分量的文章，来承载他的死亡和我们过往的友谊。后来，一个住在附近的同学看到我在朋友圈发的悼念短文，出现在饭桌上。他和丘河初继续喝，我就先走了。行驶在空旷的国道上，我意识到，今天我失去了两个朋友。李加荣死了。我和丘河初的友谊在四年前已经终结，只是今天才最终确认。

和丘河初过去二十年交往的点滴细节，总在不经意间冒出来，有时是偶然在电脑中翻到旧照片，有时是看到一个熟悉的场景，有时是我在推算过去的某一年在做些什么。这么说吧，过去的二十年中，除去最近的四年，还有我们各自在外上大学的三四年，我们的生活是如此紧密地联系在一起，彼此对对方的生活无所不知。我们毫不遮掩各自的不堪，任何事情都会想到对方，如果几天不见或是不打个电话，生活中就像缺少点什么，总有些不对劲。这种友谊当然也出现在我和李加荣的身上，所不同的是，那会李加荣过得比我们体面，和他在一起，总是有种难言的不适。他总是以居高临下的姿态，对我们的人生进行指点。那种令人生厌的嘴脸，披着情义的外壳又让人无法动怒。一顿饭吃下来，我们总是有种受辱的感受。我和丘河初就不同了，我们在对方的身上，找到一种不多见的共情，也冲散了对自身的怀疑。说到这里，我找到了友谊终结的原因，我们的境遇发生了变化，不是那种天差地别的，是细微的变化，但能力又不允许向对方伸出援手。下面我要说的这些，就当是为我们的友谊进行最后的辩词，并不是我们的友谊过于浅薄导致经不起这么一丝的考验；相反，我认为，在那些灰暗的日子，我和丘河初的友谊是如此珍贵和独一，才让我们在后来失去开诚布公地面对彼此的可能，和试图找到一个去化解误会的途径。我们都不承认或是不愿意面对这一切，回避是唯一的方式。不承认消亡，不去面对，它就还存在着。

丘河初在重庆读大学期间，保持着每年拍一张照片的习惯。他毕业那年的夏天，我去他家，在他的卧室里，看到四张照片混杂在毕业证和学位证等资料中。四张照片都是在宿舍里拍的，姿态一致——不苟言笑，表情叛逆，仰头，左腿伸出，右手插兜——不论是刻意为之还是面对拍照时的拘谨，给人感觉并不好相处。深入去说，这是一个苦闷的艺术青年的形象，外观从最初的消瘦白皙，到最后一年的臃肿肥胖。从他带回来的其余物件，可一窥四年的大学他是如何度过的——两张景物画、一张人物画。其中那个只有背影的小女孩，是丘河初在重庆郊外的少数民族聚集区写生时画的，也是他最为满意的作品。丘河初拿出一本美术杂志，翻到有这幅油画照片的一页，虽说花了几百块钱才得以刊登，但帮他顺利拿到了学位证。丘河初只在大一时把精力用在绘画和学业上，此后因留在老家的女友提分手，他深陷痛苦，在网游中迷失，后又沉沦赌博。欠债，借贷，吃不上饭，又酗酒。丘河初的脸日渐苦闷，胳膊上多了密麻的烟疤。能及时毕业和返乡的温馨，冲淡了这些不快。深夜，我们酒后走在市区的街头。丘河初停下脚步，指着灯红酒绿的街道对我说，这些以后都是我们的。半年后，下过一场大雪，他把在培训机构教美术的工作辞了。工资少，对校长各类勾当看不上眼，不是主要的理由。他内心的那团火还没熄灭。丘河初穿着一件单衣，出现在我面前，他尽力克服网瘾和酗酒的问题，并不是太成功。吃饭的间隙，丘河初没说几句话，对外界已丧失兴趣。我当时辞职半年，也完全不知道以后的路怎么走，找不到定位。

没过多久，丘河初在步行街的赵庄小区租了一间隔断房。很长一段时间，差不多一年左右，丘河初都是靠朋友和家人的接济度日，他彻底投身网游和酒精中。我在附近租了个单间写小说，隔几天就去找他。除了睡觉，他醒着时都在网吧。几平方米的房间，堆满垃圾和吃剩的饭菜。我感觉他会死在那里。其间，丘河初回老家参加朋友婚礼，让一只藏獒咬了。被咬的第二天，丘河初躺在床上，伸出胳膊，伤口还没消肿，针缝得像随意系的鞋带。他一脸兴奋地向我描述被咬时的情形，很久没看过他为了什么事情如此兴奋。天黑，一只硕大的藏獒，咬住他的胳膊不松口。当时他喝酒了，倒没有太多的感觉。打完狂犬疫苗和破伤风，医生让他不要喝酒。丘河初还是忍不住喝了，问我会不会死。还好，藏獒的主人赔了他三千块钱。他罕见地向我说了一些未来的打算，花光这些钱，想找点事情做，就算是去火车站扛大包也没什么。我欣赏他的那种气息又回来了。我们一直坐到日落西山，惨淡的夕阳照进房间。我走时，丘河初从枕头下面的钱包里拿出五百块钱。我收下他的钱，这让我过了一段久违的舒心日子。

我写完小说，已到深秋，简单收拾完东西去了青岛。我至今还记得黄昏时走出火车站，闻到咸湿的海风，心里那种低冷的状态。我和女友住在一起，那些日子，我心气全无。冬天，丘河初说他想看下大海。我去火车站接丘河初，他穿着一身黑色羽绒服，头发趴在脑门，发着油光，一脸疲惫，像是刚出狱。我有种感觉，他很久没吃过一顿饱饭了。走进台东的一家餐馆，我点了一份猪蹄、一份酱牛肉。丘河初两手油花费劲地啃着猪蹄，舍不得停下说话。几杯酒下肚，他褪去先前的谨慎和小心，适应了当下的环境，像才认出我一样。饭后，我们打车去了第一浴场。午后的沙滩很是空旷，一两个冬泳的老头在海面上冒出脑袋。大海一片灰蒙，没有想象中的宽阔，远处有一艘游艇在缓慢驶过，像是停在画面上。丘河初说了几次，想跳进海里。后来，我们坐在沙滩上，抽着烟，一言不发，望向海面。晚上，我和女友躺在床上，谈及丘河初。我望着沙发上脱下的衣物，一尘不染的地板，身边女友温柔的样子，想象丘河初坐火车回去后，此时是在温暖光亮的网吧，戴着耳麦，叼着烟，手指敏捷，游刃有余地冲杀和搏斗，还是回到了逼仄阴暗的出租屋里。一瞬间，我明白过来，丘河初并不是来看海，是想跳海自杀，又欠缺勇气。那浮现在丘河初脸上的表情，是绝望。

不久后，丘河初的父母托在济南当领导的亲属，给儿子安排了个工作——在一家专门承接政府会议的酒店当巡查员。丘河初买了辆二手的电动车，每天骑十几分钟，从郊区的住处横穿市区到酒店，有时晚上需要值班。大部分时间，他只是拿着文件夹，坐着电梯在二十五层楼来回上下，检查上百间的客房，勾画出房间缺少什么。工作单调，工资不高。酒店虽提供宿舍，但丘河初为替朋友分担房租，还是和朋友租住在一个单间，同睡一张大床。一个周末，我坐火车去济南，看到那张大床，想象不出两个男的挤在一起是什么样的状态。他总有一种能力，把自己放置在两难的境地。已到腊月，天寒地冻，丘河初下班后，我们去街边的塑料棚里吃饭，围着一个火炉喝酒。菜上来没一会就凉透了。棚里只有我们一桌客人，老板披着军大衣，蜷缩在炉子旁，焦急地等待着我们快点散场。这天晚上，我俩住在旅馆里，各自睡一张单人床。暖气不好用，盖着两床被子，很久才暖和过来。

丘河初在济南工作两年多，我不记得当我回老家结婚时，他是否参加，所留的照片中，没有他的身影。我记得他是后来到的，村里的宴席已散，他留下份子钱，没说几句话就走了。我送他到村口的国道上，他着急赶火车回济南。我说，我这次不回青岛了。丘河初很高兴，说他也不想在济南了。丘河初在网上认识了个女朋友，这也是他急于回来的原因。我当时和妻子用尽所有的积蓄——主要是她工作六七年积攒的钱——在市区开了一家店，生意总体不温不火，只够应付房租和日常开销。亲属把丘河初安排进高新区一家生产公交车锂电池的新能源公司。建厂初期，技术研发人员尚未到位，平日去公司只是打扫卫生，大家都在百无聊赖中焦急等待着投产。能进这个有政府背景的公司的人，都是各种走关系的，等投产后员工工资能到七八千，但要先忍受如今的一千出头。家里借钱给丘河初买了楼房，婚期也近了。五月份，天气刚转暖，丘河初结婚了。婚后，我们经常在他家里聚会。有段日子，丘河初下班后喝着酒，坐在沙发上看婚礼录像，画面出现他父母时，止不住地流泪。不到三个月，妻子怀孕，丘河初整个人都慌了，面对房贷和孩子未来的花销，他等不到锂电池的投产，辞职去了一家化工厂，下车间当工人，一个月工资四千出头。酒后，丘河初总是絮叨一句话，不应该这样的，喘不过气。那时，我和妻子在为还没怀孕而苦恼，纠结是否去医院的不孕不育科看看。

时间又过去将近一年，丘河初光着膀子，姿势小心地抱着刚满月的儿子，生怕小家伙从缝隙中跌下去。我拍下这一时刻，丘河初望向儿子的眼神充满爱意。这种温馨和为奶粉、尿不湿发愁的情绪交替出现。初为人父的喜悦，加上想要改变生活的动力，丘河初决定放手一搏，他从化工厂辞职，和表哥合伙在农贸市场开了一家鸭脖店。第一个月的生意还算不错，后面就不行了，每天零售额只有几百块，过夜后的鸭脖只能白白扔掉。强撑了半年，店面关门。没过多久，我妻子怀孕，我们的店也转让了。过去两三年，不说血本无归，留下的一点积蓄，也只足以维持到孩子出生。我们只好回到农村。没多久，丘河初卖掉市区的房子，在县城买了个二手房。他手里有了几万块的余钱，具体数目不知，绝对不超过五万。他有足够的耐心来规划人生的方向，上班这条路是走不通的，发财的愿景愈发强烈。儿子日渐长大，他开始搜集各类创业项目，每天看《财富经》成了生活的一部分。他总结上次和表哥合伙的失败经验，第一，不能合伙；第二，要选好位置。丘河初和堂弟跑到武汉，半个月后掌握了果木烤鸭的技术，在县城一个繁华的农贸市场，选了店址，后购置设备，顺利开店。第一个月营业额过万，当兄弟俩人畅想未来的美好生活时，促销结束后的第二个月营业额下滑大半。半年后，房租到期关店。这次他总结出的经验是，第一，不能用熟人；第二，果木烤鸭项目不行。

我不清楚两次开店失败，对丘河初的打击有多大。那段日子，我们两家人经常聚会，吃饭的间隙，我和丘河初在厨房抽烟，总是沉默相对。三十岁的年纪，心气消散。

我的处境更为糟糕，写作事业不见起色，只好把目光放在生活的细枝末节上，来不及考虑更为广阔的问题。我们没办法站在各自的立场考虑问题，这无关紧要，共同的处境让我们感受一致。丘河初去了周边乡镇的化工厂，这是他能找到的工资最高的工作，不需要特长和本领，只要能吃苦和忍耐。冬天，丘河初穿着厚厚的棉裤站在寒风凛冽的高塔上投料，从日落看到日出。那时我认识了个南方的朋友，他对我的处境表示同情，让我注册一个境外赌球的账号，帮我充了一万块的筹码。他买什么，我照买。前四场，都赢了，筹码翻倍，我取出一万块自用。按照他的说辞，不到几个月，我就发财了。我让丘河初另外建了个账号，跟着买，筹码一千。又一场球赢了，一千赚了八百。深夜，我把这个消息告诉丘河初时，他发来一条虽不长但颇让我感动的信息，这对寡言少语的他来说，很是罕见。他先说自己正站在塔顶上，零下十几度，整个人都要冻僵了，但他内心火热，多年来终于看到了生活的希望。接下来，一连输了五场，很快一万筹码赔光了。丘河初在电话中“嗯”了一声。我不清楚如此迅速熄灭的火光，对丘河初到底意味着什么。我那阵子也极为不顺，婚姻摇摇欲坠，也做好了最坏的打算。那些自杀的艺术家，频繁出现在我的脑海中。年底，丘河初让我陪着他去化工厂领拖欠的工资。我们开着车驶入乡道，黄昏余晖，杨树光秃，田野萧条。在工厂门口，我停下车，丘河初进厂。我抽着烟，看着厂区里那座高耸的反应塔，想象丘河初一整夜在上面的样子。一会，他走出来，提着一包脏衣服，怀揣三千多块的工资。这个年能过下去了。

慢慢地，我的状况开始好转，一件接着一件，谈不上意外之喜，但都逐渐加码，让我的生活明显改观。十多年来，我第一次感受到不再为日常生活所困扰，能专心写作。当然离心目中的名利双收有着遥远的距离，可也超出了我个人的预期。总之，我可以从容地面对生活。这年夏天，我和丘河初还有另外两个朋友喝酒。整个晚上，他们除了谈到过去的高中生活，都没有话，只是不停喝酒。我不清楚喝了多少，他们都保持清醒。散场后，我瘫倒在街边的草坪里站不起来，吐得到处都是。后来，我从村里搬出来，在市区租了房子。某天，丘河初从县城坐了半个多小时的公交到城区，又转市内公交，提着一箱牛奶汗水淋漓地来到我租住的地方。我叫了外卖，还是他喜欢吃的炒鸡。那阵子，我一个人带着女儿。女儿在客厅的沙发上看动画片。丘河初有话要说，但没开口。其间，我们去厨房抽烟，盯着窗外的铁路。他问，晚上火车吵人吗？我说，习惯了就好。菜没吃完，他就走了。后来，李加荣告诉我，丘河初辞职了。我们还说了一些别的，谈不上是坏话。丘河初总是看不清自己。我想这也不算是毛病，起码我们都是如此——不甘平庸。

几个月过去，十二月的一天，我正坐着动车去外地。丘河初发来信息，问我什么时候有空，有事和我说。具体什么事情，见面再说。我预感有些不对，生怕他寻死。那阵子他喜欢逛戒赌吧，看多了别人的惨痛经历，自己也手痒了。丘河初在外面租了一间房子，对家人说自己在画画，一连几天见不到人。几个月的时间，他欠了各种信用卡和网贷累计四十多万。画室只有一张床和桌子，地上散落着十几张各个银行的信用卡。画架摆在角落里，钉好的画框上只留下铅笔的草图。一堆画材和颜料，都没打开用过。丘河初也不是总输钱，如果没有赢过钱，也不能坚持下去。在偶尔赢钱的时刻，他大概的确想重拾绘画。满地的烟头和上百个酒瓶，能说明他在输钱时的焦灼。我回来后，和丘河初见面，他几天没吃饭，坐在车里一言不发，脑子完全傻了。后来的四年就这么过来了，有朋友看到丘河初送外卖，说他整个人瘦了一圈。这是我知道的关于他的唯一的信息。赌债如何还清的，以及他是如何面对家人的，我一概不知，但也能想象到。人在困境时的状态大致一样。

第二天，我们参加完李加荣的葬礼。丘河初邀请我去他的画室，在一处老旧沿街房的三楼，十来平方米，一张办公桌，一个茶几。他从旧货市场花几百块钱买了个立式空调。地上铺着凉席，有时画累了，他就在这里睡觉。几幅已经完工的油画立在墙边。其中一幅，是他的自画像，色彩浓郁。我由衷觉得好，不是因为画作，只是没想到他居然还在画画。一谈及这些画，丘河初少见地话多起来，他抽着烟，自信到又年轻了十来岁，只有画画，才让他感觉到还活着。又说，等画完，参加画展。实在不行，再去化工厂上班。我没问他这几年是怎么过来的。丘河初的身形又恢复到酒肉之徒的样子。骑着摩托车四处送外卖，为了偿还赌债疲于奔命的身影，只出现在我的脑海中。我拿出手机，拍了几张。丘河初说，你不要发，也不要写我。他沏的茶还冒着热气，我就先走了。

叙旧

应李智之邀，陈圣去了外地。晚上的酒局，除了与李智叙旧外，陈圣照例也认识了两个新朋友。因席间没有异性，他们兴致索然，喝酒以及言语上多有克制。李智几番略显冗长的地主之谊的客套后，谈资顺利过渡到他和另两位的友谊及自身趣事上，气氛总算活跃了。陈圣也放松下来，享受着被冷落，不再费心去寻找话题，只是边吃边喝，听他们去说。李智劝他俩少喝点，指着小吴对陈圣说，上次喝酒，他骑着电动车掉沟里了。陈圣取出口中的肉串，回应一个吃惊的表情，问，真的吗？小吴羞怯地点了下头，撸起袖子，亮出结痂的肘部。小于在旁应和道，上次喝完，我半夜起来，坐在床上吐了一被子。说完，小于拿起塑料杯，浅抿了一口白酒。李智略微无奈地摇了下头，颇有些自豪地对陈圣说，我这俩兄弟，太实在了。夜幕降临，烧烤摊亮起彩灯，食客逐渐多了。中间，下起细雨。他们合力把餐桌搬进餐馆的过道，又畅饮一番。

李智送陈圣回到酒店，烧了一壶茶，两人又聊了会。

内容无他，关于小吴和小于的为人，陈圣更为坦诚地交了底。当然，碍于李智一向和善的性格，所讲的多为赞美，男性友人间常见的词汇都用上了，比如，情同手足、肝胆相照、可以托孤。至于他们身上的毛病——酗酒、不顾家等——属于回归家庭后的私人生活，不妨碍朋友间的交往，作为外人，也没有多可指责的地方。甚至说，有这样真性情的朋友，可以为庸俗的日常增添不少的乐趣，如可以让朋友恰当地幸灾乐祸，对照之下，消解各自生活中的苦闷。他们对李智如此言听计从，尊崇其为大哥，概因他是个有办法的人，不说是三教九流，政商两界都能用上劲，比如小吴在电厂的工作，就是李智给找的。

陈圣上次来——也是第一次——是三年前。当时为了陪他，李智也找了两个身边的朋友。三年前的那两个朋友，并不是小吴和小于。上次的那两个朋友，逢年过节给陈圣发来祝福的信息以及偶尔在朋友圈互赞——这就是全部的交情。这次来之前，陈圣心想还能如三年前见到这两个人，直到晚上入座吃饭，李智介绍小吴和小于时，他心中困惑，但出于礼节并没有多问。现在，陈圣问，那两个人呢？李智抽着烟，身子卡在狭小的椅子里，艰难地挪动了下，语调得意道，我就知道你会问这个。陈圣早已在心里准备好了答案，只等去匹配，无非就是李智和他们这三年间发生了些不愉快，或是性情不合，被他从自己的核心交友圈除名，没有资格见到陈圣了。李智说，高传厚死了，范兴消失了。这都发生在一个月前。陈圣意识到，最近一个月，是没有收到他俩友好的点赞互动。自然，不久前的中秋佳节，他俩也没有发来问候语。事情本身，对陈圣来说，倒不如李智的表情更可玩味，把他倾诉时的兴奋感说成幸灾乐祸并不合适，但确实在李智的脸上找不到悲戚。上次见面，他们称兄道弟的画面，还留在陈圣的脑海中。也许是酒精的刺激，或是照顾陈圣的感受，更深一层原因，对于李智来说，陈圣是再合适不过的人选了——既认识高传厚和范兴，又不在这个圈子里——可以毫无顾忌谈论。此刻，陈圣也突然明白，李智为何强烈邀请他过来，“好久不见，甚是想念”，道理也说得过去。而他口中的“叙旧”，并不是叙他俩的，而是另有所指。对于这三年陈圣是如何过来的，李智并没有什么兴趣知道。

晚些时候，李智离开酒店。陈圣洗漱完毕，倚着床头抽烟，他并没有感受到身处异乡的孤独。从长时间的社交模式中解脱，身心自在是一方面；还有就是，这个标准间内除了他，还有先前李智用语言编织的两个人的身影。高传厚躺在旁边的床上，按照李智的描述，他在喝过一场大酒后，怕回家被父母训斥，去了工厂宿舍。第二天早上，工友发现他躺在床板上，衣不遮体，脸色发紫，嘴角保持着一丝微笑。工友报警后冷静下来，顺势拍了现场照片。不知是害怕担责任，还是因为猎奇留个纪念。据李智了解，不少工友看到了高传厚死时的照片。一个月后的这天晚上，李智从手机里找出照片给陈圣过目。不像是死了，这是陈圣看完后的感受。至于死因，因为家人不愿意尸检，并无定论，对外说是猝死。陈圣点开高传厚的微信头像，照片里他戴着一副墨镜，张开双臂，小腹露出的肚皮如腰间系着一条大鱼，站在山间一条公路的界碑前，背后的公路蜿蜒通向远处的高山。四周植被矮小，山头也并不宏大，云朵压得很低，大概是在青海或是西藏。朋友圈显示是一道横线，其余空白。陈圣还记得，高传厚的微信签名是：吃好，喝好。

三年前的那次饭局，对陈圣来说，早已记忆模糊，和过去繁多的各类饭局一样，大致是沉闷的，从没有让他静下心仔细去回味。现在，因当时在场的两个人的遭遇，他努力从脑海中打捞，希望能捕获关于高传厚的一鳞半爪。高传厚确实善饮，举止言谈称得上豪爽，同时又特别注重礼节，对陈圣一口一个“哥”，并且颇为心细地关注饭局上的任何动态。陈圣作为远道而来的客人，尤其是他口中大哥（李智）的好友，但凡茶水不多，或是需要纸巾，以及服务员端来一盘菜时，他都第一时间起身——足有二百斤的体重——倒茶递纸，或礼让陈圣尝下菜。高传厚一次次起身，陈圣也只好一次次口头表达感谢。忙乱之下，这顿饭陈圣吃得身心俱疲。可此刻陈圣又不得不感慨，这是一个多么讲究礼数的人，天生就应该长在酒桌上，何况他酒量不小，说举杯，就举杯，说喝光，就喝光，没有一丝扭捏和拖沓。这么说，高传厚把自己喝死，也是他还算熨帖的归宿。一如李智在他死后，面对陈圣所下的结论，我早知道他有这一天，只是没想到这么快，才三十二，女儿还不到一岁。陈圣望着旁边的床铺，高传厚平躺着，多年如一日胡吃海塞的身躯溢出单人床，如一头快要出栏的猪（没有任何贬义）。高传厚体态臃肿，可并不笨拙，甚至称得上是敏捷。酒桌上的他们，像是为了消暑置身在河水里打麻将的巴蜀地区人民。高传厚每次起身去服务，在落座之际，庞大的身躯激荡着水流，令在座的每一个人都跟着摇曳。陈圣转头看向床上的那具遗体，点头，心道，他可是消停了。

陈圣不记得范兴的长相，他望着房间，李智编织的那些话，也没有把他塑形。他消失了。三年间，范兴的父母变卖在市区的两间门头房，为他偿还了赌债。蛰伏一阵，在取得了家人的谅解后，范兴到处借贷，在各类境外博彩网站下注，没过多久，一切都不可收拾。追债的电话让身边的亲友同事不厌其烦，他适时消失。李智说，警察都找不到。陈圣多少明白了李智的感受，高传厚和范兴的悲惨遭遇，确实有一种让人无法回避的幽默。令人听完，不得不感叹一句，操。不仅是对他俩，也是对生活，对人生，对身处这个世界深感无能为力。范兴到底能去哪里呢？面对陈圣的好奇，李智伸出手指，无非就那么两种：一、活着；二、死了。

起初，亲人和债主，都以为范兴没死，就是欠债跑了。这也不是第一次了。除了咒骂，也没有别的办法。这次他玩得比较大，欠债可查的已有一百多万，还有各种网贷没计算在内。李智补充道，这又过去了一个月，利滚利，两百万是有了。陈圣问，他欠你多少钱？李智说，他找我借，我没给，我早知道他这毛病了。以往，范兴躲出去，待个十天半个月，混不下去，也就回来了。这次有点久，一个多月了，没有任何消息。或许他手里还有钱，正在某处逍遥快活。要知道，一个现代人，不可能没有任何消费记录。家人报案，警察追踪不到手机，身份证也没用过。这不符合常理，除非他风餐露宿，或者偷渡出境了。李智说，也不用太悲观，他可能就是死了。陈圣还想再知道点什么，比如家人和债主们的反应，或者关于他生活上的点滴，又心想，再问下去，李智说起来没完，这已经快十一点了，他也累了，便默不作声。李智脱掉外套，又续上一根烟道，范兴是独生子，还好给父母留下了个孙子。他真死了也未尝不是一件好事，那点家底快让他给造没了，这次还债，把房子卖了，还堵不上窟窿，就算这次还了，还有下次，他改不了的，上次让人把小拇指给剁了，去医院接上，两三万打了水漂。陈圣附和道，他真勇啊。不是我不讲情面，李智继续说，人死债清。一番沉默，陈圣吁出一口气，可是他怎么死的呢？凶手就在这些债主里，李智说，早晚能查到的。

早上六点多，陈圣被淅沥的雨声吵醒，睁开眼，一片明亮。昨晚李智走后，房间里烟雾缭绕，为了通风，他没关窗户，更没拉窗帘。他下床去拉齐窗帘后，躺回床上又睡了片刻，并做了个短暂的梦。三年前，他们在餐馆喝完酒，招呼服务员把碟盘收走。高传厚喝多了，蜷曲在椅子上睡觉。李智、陈圣和范兴在打扑克——斗地主，赌钱。范兴手气不佳，总是当地主，总是输，又一次次兴致盎然，继续斗。梦里，范兴的脸只是一张完整的皮肤，没有五官。李智摇醒高传厚，问他和范兴，如果三年后，你们就死了，这三年，你们会做些什么呢？没等到回答，陈圣醒了。地灯亮着微弱的光，他胸口一阵发闷，歪头拿起矿泉水，喝了一大口，又点上一根烟，试图让自己镇定下来。他彻底清醒过来，不知身在何处，心脏在下坠，就快要脱离身体，似乎刚才不及时醒来，他立刻会死掉。梦里的问句，也正追问着他——如果你只能活三年，会做些什么呢？陈圣下床，拉开窗帘，外面的马路上川流不息，他感觉好了许多，拿出手机，给沈灵发了条微信，说他来了，问她要不要见面。等了几分钟，没回音，陈圣先去洗漱，赤身从浴室出来后看到了沈灵的信息。她说在，问陈圣在哪里。陈圣发过去酒店的位置。沈灵说，离我家不远，你来我家吧。又问，你怎么突然来了？陈圣说，来找李智。

出了酒店，雨还在下。天气降温，陈圣穿着衬衣，昨天来时心想就住两天，也没带什么衣服。开车，上路。天空涌动着大块乌云，如初春河水刚解冻，冰面开裂，碰撞着顺流而下。市区有些拥堵，上了高架，巨大的山体出现在路的尽头，令来自平原的陈圣一阵悸动，把自己想象成蚂蚁。顺着山脚下的盘山路，又开了一会，穿过一段几百米的隧道，出来后雾气笼罩，视线变得模糊。陈圣打开空调，吹前挡风玻璃，清晰后，又关上，如此反复五六次，来到一处社区，四周有些荒凉，不时有雾气从路边的断崖升起。陈圣下车，去保卫室填好登记表。进小区后，陈圣沿着道路，茫然开了一会。沈灵站在路边，打着伞，披着一件色彩斑斓的裹身围巾，见陈圣摇下车窗打招呼，她伸手示意他去停车，然后自顾先往单元楼走去。陈圣下车，冒雨小跑过去，跟在沈灵的后面，在雨伞的遮盖下，只看到她的腰身，以及脚后跟处一道类似梵文的文身。三年前，陈圣没发现沈灵有这文身，也可能有，只是他没注意到。当时，他俩是晚上见的面，光线不好，在路边站了一会，就去公园散步，树荫斑驳，彼此的长相都没看清，何况是脚后跟。走进电梯，陈圣和沈灵相对而站。沈灵抬头看了他一眼，忙又低下说，你这人可真有意思，三年没见，突然来了要见面。陈圣说，上次你不是住在这里吧。三年前，陈圣也想去沈灵的家，没去成，具体原因他已经忘了。沈灵说，市区房子小，住不开，留给我爸妈住了。

出了电梯，先是入户的走道，因只有住户能自由进出，沈灵平时用来放鞋子和杂物。防盗门敞开着，她换好拖鞋，嘱咐陈圣不用换，没这些讲究。客厅南北通透，南边一组环绕式皮质沙发，中间茶几上放着些杂物。陈圣过去坐下，从面前的液晶电视屏上，看到自己局促的身姿，又装作自然，后仰，双手放在腹部。沈灵换好衣服，从卧室出来，一身黑色的紧身长裙，她端来两杯水，坐在陈圣的左边，用手拽下了下裙摆，跷起二郎腿，脸上还是她一向的平静，又问陈圣怎么突然来了。陈圣说，李智喊了好几次，就来玩两天。和三年前不同，那时陈圣确实有点事，这次单纯是来玩。至于李智，上次因陈圣的介绍，沈灵也认识了他，更为巧合的是，两个人过去在同一所中学念书。这三年间，他们间的来往更多一点。陈圣又说，早上发信息时，也想到三年没联系，就这么突然问，是有些奇怪。说三年里一点联系没有，也不准确。一年多前，沈灵问过陈圣在不在，当时她要去他所在的城市。陈圣问，当时是怎么回事？沈灵说，我忘了具体什么事，后来我也没去。我要不来，陈圣问，你今天打算做什么？沈灵说，吃饭，看电影，就这么待着吧。那我来了，你也可以这样。陈圣说完，看向沈灵。她坐着，意识到有人正在看自己。安静，也听不到外面的雨声。

十余年前，陈圣和沈灵在一个音乐论坛上混。仅此而已，也没过多的交流。只见过两次，包括这次。是老朋友，更是新相识。此刻，他们坐在同一张沙发上，中间隔着不到一本书的距离，各自想找一些谈资。共同认识的人，是一个恰当的内容。沈灵先说了一个她的好友。陈圣几年前见过一次，后来也没有交往，便问她怎么样。沈灵说，我刚才和她说，你在我家。她看了下手机，又说，这么早，她大概还没醒。说完，她笑起来，似乎已经预料到朋友的惊愕。陈圣说，她肯定纳闷，你怎么会和我有来往。沈灵说，不会的，她人挺好的。陈圣说，是我这个人不行。沈灵说，你也挺好的。陈圣说，昨晚和李智一起吃饭，知道你不喜欢这种场合，再加上都是男的，也就没喊你。沈灵问，你们几个人？陈圣说，三个，另外两个也是新认识的。沈灵说，李智认识的人可真多。陈圣问，你和李智见面多吗？沈灵说，见过几次，也都是一桌人，说不上几句话，不过他人挺好的。这时，沈灵拿起茶几上的手机，乐了起来，放在陈圣的面前。对话框的上面，沈灵发过去一张照片，是她拍的陈圣坐在沙发上的侧脸，先是问，认出这是谁了吗？知道这是陈圣后，朋友回道，向他问好。沈灵抽回手机，准备回复。陈圣拿起茶几上的杯子，喝了一口，陷进沙发。这次，他把身体的重量全都放下，没有任何的保留，如同被人从背后抱住。沈灵回完信息，拿起遥控器，打开电视，自顾说道，最近下了一些电影，还没来得及看。

沈灵那会二十岁出头，大学毕业后留在南方，工作以及恋爱。生活习性上，已经完全融入了南方，天气潮湿，饮食清淡。没有亲情的牵绊，她十多年间过得自在，感情上伤害别人，又被人伤害，留下一段婚史。三年前，母亲生病，沈灵作为独生女回到老家。母亲出院后，她定居下来。主要是南方也没什么牵挂的，沈灵作为艺术工作者，失业很久，存款几无，湿冷的气候让腰部疼痛逐年加剧，和前夫时而的纠葛，更令她失眠。每年沈灵也外出，会友或寻找素材，至多待一个星期，便回到原籍尽孝。她这样的履历，并没有什么特别的地方。再过两年，沈灵就四十岁了，她也清楚，很多事情并不是自己可以做主的。三年前，陈圣和沈灵见面时，她刚离婚不久，情绪不太好，把陈圣作为男性样本，问了他一些对婚姻的看法。陈圣那会，也正处在感情的旋涡中，对女性也多有指责。总之，对方说出的言论，总会引来奚落。不过，其中有句话，如今看来，又一次得到印证——时间是最好的良药。陈圣不知道沈灵这三年怎么度过的，至少看上去已经从阴影中走了出来。作为一个离异的单身女性，住着宽敞又放满杂物的房子，生活宁静又充沛。注意到陈圣在打量房间，沈灵解释说，没来得及收拾，你也不是外人。陈圣明白，这不是把他当作亲密的朋友，只是一句客套话。背后的意思是，沈灵不觉得陈圣的到来有多么重要，值得去打扫卫生，以及对自己一番打扮。她确实没有化妆。

在沈灵拨弄遥控器挑选电影的间隙，陈圣观察着她，烫卷的长发垂下，嘴唇翘起，一件修身的黑色长裙，双腿丰盈，凸显出细腰。陈圣感觉自己被她身上散发的气息笼罩，回到青春期时对成熟女性的仰视中。不同于面对青春尚在的女性，只是为了占有，他完全放弃了攻击性，显得少不更事，缺乏任何经验，等待着被关照，任其摆布。沈灵转过头问，这个电影你看过吗？屏幕上出现韩文，片头过后，只见黑白的画面，冬日的海边，一男一女在散步，长镜头。陈圣说，感觉是洪尚秀的。沈灵说，对，他的老片子。陈圣说，太闷了。很久前下的，沈灵说，一直没看，我还挺喜欢他这种风格。陈圣问，什么风格？就是看他的电影，不妨碍干别的，沈灵笑起来说，走神几分钟，不影响剧情。陈圣说，还是看点别的吧。沈灵继续说，他的片子，给人感觉性冷淡。陈圣说，但他这个老男人，找了个小姑娘。沈灵说，不是有句话，男人其实很专一，他们都喜欢二十来岁的小姑娘吗？陈圣笑起来，还有一句话，判断一个男的是不是渣男，把手放在他鼻子下面，还喘气，就是渣男。

沈灵点开《燃烧》，问陈圣，这个你看过吗？陈圣说，看过了。沈灵说，我还没看。陈圣说，可以再看一遍。沈灵问，好看吗？陈圣说，这女的赤裸着上身跳舞，我很喜欢。沈灵说，是因为她没穿衣服吧。陈圣说，也不全是，她后来哭了，很动人。沈灵放下遥控器，陷进沙发，拿过一个抱枕，挡住肚子，那就看这个吧。电影放着。男主出来，沈灵问，这个人叫什么来着？陈圣说，名字就挂在嘴边，一时想不起来了。男主在街上遇到女主，跟着她回到住处。几天后，男主又一次来到女主的家里，女主不在，他对着窗外，褪下裤子自慰。沈灵说，太可惜了。陈圣问，你们女的也喜欢年轻的吧？沈灵笑起来，谁会不喜欢好看的。陈圣起身，从一侧绕过，去卫生间，经过卧室，门敞开着，里面有一张大床，床头上方挂着一块黑色的幕布。出来后，陈圣没有回沙发，走到客厅北边，站在书柜前，一排书脊边上摆放着各类卡通玩偶。沈灵走过来，当起讲解员，有些书，在市区的老房子里，没搬过来。陈圣说，书柜有点复古。沈灵说，这房子是我爸妈装修的，那会我还没回来，也没出钱，就随便他们了。陈圣问，他们平时来这边吗？沈灵说，偶尔，这边不太方便，最近我妈又住院了。陈圣问，怎么了？沈灵说，心脑血管不太好，上次也是这个毛病，我下午得去医院。

陈圣沿着书柜往北走，经过一道推拉门，来到阳台——这么说不准确，是一块背阴，没有阳光，紧邻窗户，大致五六平方米的空间——摆放着书桌和椅子，地上有几盆绿植，墙面上贴着沈灵画的几幅油彩和水墨。沈灵说，这是我的工作间。陈圣拿起画，翻看了下，有几张是关于虎的，偏向年画，又显得稚朴。沈灵说，虎年，就跟风画了几张。陈圣说，看起来真不错，给我一张吧。不行，沈灵说，我没留底稿，以后再单独给你画吧。陈圣放下画，在窗口站了一会，从这里，能看到不远处山上的松树，一片乌云正飘移过来，巨大的阴影扣在山顶上，又延伸到山腰，向这边压过来。沈灵的屁股靠在书桌上，双手抱在胸口，望向外面。陈圣回头问，你平时爬山吗？沈灵说，不爬。陈圣转身，往回走。沈灵问，你下午做什么？下午没事，回酒店，陈圣说，晚上和李智约好了吃饭，你去吗？沈灵问，都有谁？他的几个朋友，陈圣说，具体我也不清楚。回到沙发先前的位置，沈灵拿出烟，递给陈圣。陈圣点上，又给沈灵点。陈圣问，你现在还是一个人？沈灵说，没遇到很合适的。陈圣问，什么才叫合适呢？沈灵说，一到结婚就没意思了。陈圣从茶几下面，拿出烟灰缸，点了下烟灰，后仰时胳膊碰到沈灵的胳膊，汗毛扫过。他俩没动，胳膊贴近，感受到彼此的温度。

电影过半。郊外的村舍，落日余晖下，女主脱掉上衣，虚无地跳舞。柔软的乳房出现在硕大的屏幕上。陈圣仔细看完这段，问沈灵，怎么样？沈灵说，她的身材很好。是好，陈圣补充道，但不色情。沈灵问，你中午吃什么？陈圣说，你做什么，我就吃什么。沈灵说，不是我做饭。陈圣说，我不会做饭。沈灵说，也没让你做。陈圣问，你平时在家不做饭吗？做，沈灵说，但今天家里没吃的了。陈圣说，我以为能吃到你做的饭。沈灵说，还是出去吃吧。不出去了，陈圣说，点外卖吧。沈灵说，出去的选择多。陈圣说，在家里吃舒服。沈灵不再坚持，那你想吃什么？陈圣说，你看着点吧。

外面又下起雨，伴随轰隆的雷声。窗户开着，有雨水进来。陈圣起身，把窗户关上，楼下空无一人，只有树在摇晃。沈灵走过来，这几天都有雨。陈圣说，昨天在高速上也下雨了。沈灵问，你打算待几天？陈圣说，没有其他事，明天回去。沈灵说，来一次，这么着急？陈圣说，你没事，可以去找我。沈灵说，可以。陈圣说，那我等你。沈灵问，你这次来，真没别的事？陈圣笑起来，真没有，你觉得我会有什么事呢？沈灵没说话，看着外面的雨。陈圣说，和你见面，算一件。沈灵说，三年不联系，说来就来。陈圣说，下次，我提前说。电影放出片尾字幕，雨还没停。陈圣和沈灵坐回沙发。沈灵又在找其他的电影，选来选去，不知道要看哪个，问陈圣的意见。陈圣说，不看也没事。沈灵俯身，手肘撑在大腿上，后背如滑坡，上面沾染着猫毛。陈圣问，你的猫呢？沈灵说，躲起来了，怕生。陈圣说，别找了，还是说会话吧。沈灵把电视关上，看了下手机，外卖还有三公里。陈圣问，如果你知道自己三年后会死，这三年你打算怎么过？她想了片刻，歪头，一脸认真地看着陈圣，眼神中看不出任何起伏，该怎么过还是怎么过吧。也对，陈圣继续问，那你过去三年呢？沈灵说，事情倒是挺多的。陈圣说，说点印象深刻的。你呢，沈灵说，感觉你变化也挺大的。陈圣说，我这点事，没什么好说的。沈灵叹气道，我们怎么都这样。陈圣问，什么样？老了，沈灵丧气地说，没活力，没劲。陈圣说，心里很多话，想说，又觉得说了也没用，就不爱说了。

外卖到了。沈灵开门去取，趁这空当，陈圣简单收拾了下茶几。四菜一汤，两碗米饭。味道还不错。沈灵坐沙发，陈圣坐矮凳。沈灵右手拿筷子，左手不时拂头发，怕沾染上汤汁。陈圣很快吃完了，坐回沙发，看着沈灵吃。沈灵细嚼慢咽，几乎把菜都吃了。雨停了，陈圣打开窗户，一阵风吹进来。沈灵从卧室出来，换好衣服，上身是收腰的黑色长袖，下身是宽松的米色裤子。她抬起手，扎起长发，站在镜子前化妆。陈圣倚在窗边，隔着三四米，盯着她，遮瑕，打粉底，描眉，涂口红。戴上耳坠，沈灵走到陈圣面前问，怎么样？陈圣说，好看。沈灵说，走吧。在门口，陈圣接过沈灵的挎包。沈灵坐在矮凳上，穿上运动鞋。电梯里，陈圣和沈灵相对而站。陈圣一阵燥热。沈灵低着头，没看陈圣。陈圣到了一楼，走出去。沈灵继续向下，来到停车场。走了几步，她摸口袋，忘带烟了，又一想，车里可能有，就没再回去。上到地面，陈圣的车在前面，沈灵跟在后面。出了小区，陈圣的车消失在雨雾中。沈灵想抽烟，车里没有。

晚上，李智接陈圣去火锅城，路上他简单介绍了一会要见的几个朋友。陈圣没记住名字，总之都是这座小城里有头有脸的人物。他不禁又被李智强悍的社交能力折服，问他怎么认识这么多人？李智自谦道，都是朋友们给面子。朋友们坐满包间，虽有年长者，但陈圣作为客人，仍在主宾的位置落座。肉和海鲜一盘盘端上来，众人举杯言欢。李智比昨晚更活泼，酒没少喝。陈圣也被气氛感染，赔笑渐而真诚，等酒足饭饱要散场时，竟有些依依不舍。似乎，今晚能和这些有能力的人在一起吃饭，陈圣也没那么平庸了。走出火锅城，陈圣陪着李智先送朋友们逐一上车离开，再回到酒店。李智照例又温故晚上的饭局，都是多年的朋友，互相扶持，各方面没的说。说着，说着，李智眼里竟含了热泪，这倒是陈圣第一次见，便点头迎合，为他能有这么多交心且有能力的朋友感到高兴。后来，陈圣说起沈灵。李智说，我有一阵子没见她了。陈圣说，我还以为你们经常见。听说她要复婚了，李智说，这挺好的，一个女人生活也不容易。陈圣说，这个我不知道。李智笃定地说，是有这回事，沈灵和她前夫也没什么大矛盾。陈圣点头，那这样挺好的。第二天，陈圣吃完早饭，就驾车回去了。李智给他打电话时，陈圣已经在高速上。他颇为埋怨地说，兄弟，你这也太不够意思了，说好的多待几天，今天的饭局我都定好了。陈圣忙赔不是，家里有点急事，下不为例。

半个月后，陈圣在超市买菜。李智打来电话说，人找到了。陈圣问，谁？李智说，范兴。又说，确实死了，刚才市局的朋友和我说，上午在山里找到的，现场照片我就不给你看了，传出去不太好。陈圣问，具体怎么回事？李智说，人看起来死了没多久，衣服还挺好的，没外伤，尸体也没发臭。陈圣说，这就奇怪了。李智说，看样子范兴这两个月是被人关起来了。陈圣问，怎么发现的？李智说，有人爬山，去树林里方便，蹲下看到地上有一张脸，差点没拉他头上。陈圣把手里的葱放下，不知道说什么。李智问，你最近和沈灵联系了吗？陈圣说，没有。李智说，那没事了。

后记：十年自述

二〇一六年，魏思孝以立传的形式，试写过几个关于乡村妇女的小短篇，但他正式从“青年焦虑”写作转向书写乡村人物，是在一年后。二〇一七年冬天，十二月份，魏思孝开始写《余事勿取》。此后的三年间，他完成了自己的“乡村三部曲”，其余两本为《都是人民群众》和《王能好》。作为出生在山东的农家子弟，二〇〇六年冬天，魏思孝正式发表小说，篇名“害人”与民间的“害虫”对比，描述智商有缺陷的大伯走丢的事情。小说发表在青春刊物《80后》，当时青春写作的潮流还有余温，各地有不少商办的青春类杂志。彼时，魏思孝是大专二年级的学生，尝试写作一年多。他在课堂上写到纸上，再去网吧打出来，四处投递到各类杂志的邮箱，退稿通知和自动回复的邮件塞满了邮箱。至今，他仍对第一次的用稿通知记忆犹新。秋后的一天下午，他用学校多功能自习室的电脑打开邮箱，看到“小说留用”。骑自行车回宿舍的路上，魏思孝闻到了春天的味道，认为自己的写作道路会自此顺畅。几个月后，冬天，魏思孝回老家住院，收到邮局的汇款单。父亲骑着摩托车载着他去邮局取稿费，一共三百。父子俩买了些牛肉包子带回家吃。这是他少有的，让父亲为其骄傲的时刻。

二〇〇七年，大专毕业后，魏思孝在老家的图书公司当教辅书的编校。几年后，又在一所美容整形医院当文案。这是他至今所有的工作经历，加起来不足半年。他不喜欢工作，觉得缺乏创造，除了拿点工资，所作所为和自己没有任何关系。他性格懒散，不喜欢被管束，不论是出于对文学的热爱，还是把它当作一种谋生的手段，随着自由写作者的日子持续了十余年，早已经模糊了边界。文学和写作，成为他的日常生活，同时也忍受着拮据，以及没有稳定收入的煎熬。中间，他有几次想放弃写作，不论是因为写得不够好，还是缺乏外界的认可。机缘巧合，二〇一〇年小说获奖，后签订第一本书的出版合同。这让他在心生放弃之际，又坚持了下来。几年间，他陆续出版了八本小说，既有学徒期间的青春写作，也有《小镇忧郁青年的十八种死法》《嘘，听你说》《兄弟，我们就要发财了》的“青年焦虑”写作。加上，这几年完成的“乡村三部曲”。过去十余年，他自认经历了这三个写作阶段。

二〇二〇年完成《王能好》后，他又写完两部长篇。

《沈颖与陈子凯》立足于女性的感情生活。《土广寸木》以偏非虚构的文体，以一年十二个月为记，通过一对母子的视角，描绘一座村庄的日常生活。在这两部长篇的间隙，魏思孝又写了十余篇短篇小说，重回到"我"，描绘过往生活中那些友人的身影。这种笔耕不辍的创作，首先，他的确正处在三十五岁左右的所谓盛年，同时也不能忽略其为生计考量而不断去写的因素。很多时候，因为不够严谨和缺乏休整，尽管在每一篇的小说中，试图去写好，但从产出上看，也容易步入窠臼。

二〇二二年，魏思孝应《上海文化》之邀作一篇自述。为回避在自述过程中，容易出现的过于用情且不客观的境地，他决定采取自我采访的形式，对他的生活和写作进行一番剖析。所问所答，皆是他所想表达的，只是换另一种他可以接受的方式去呈现。彼时正值二〇二二年农历立秋，魏思孝端坐在农村老家客厅的书桌前。他的母亲老付正躺在其身后的沙发上看电视剧。这让他想起，刚当父亲的那些年，在农村老家生活，与妻子照料女儿之余，也是坐在这张桌子前光着膀子写作。七八年过去，他刚完成了一个短篇《聚会》。小说脱胎于十年前，他去上海参加的一次论坛文友的聚会。在这篇小说中，文友们分享了自己身上的文学神奇时刻，小说人物本柴在上世纪九十年代的西湖边，碰到一个老头。那老头在上世纪三十年代，在旧上海的知味观打杂，见过去吃饭的鲁迅。那么，在魏思孝身上，有哪些文学的神奇时刻呢？（下面有些问题的回复是在之前的基础上，又在二〇二五年补充回答。）

一、你的写作中几乎从来没有涉及过童年，你早年的生活是什么样子？

答：我出生在山东省淄博市临淄区的一个村庄。第一次看到两层楼房，是在六岁的一天下午，发小的父亲开着三轮货车载着我俩去镇上。我第一次进城区，是七八岁时，父亲骑着自行车载着我去城里，花了十块钱，给我买了一套恐龙玩具。我玩了很久。我第一次见到过街天桥，是在一九九八年，我上初二的那年秋天，我们一家四口去市里，这是第一次也是唯一一次全家所谓的旅行，去了人民公园还有商场，在美食街上喝了八宝粥等。我第一次坐火车，是在高考后的那个暑假。我在村子里度过了一个农家子弟应该有的闭塞的婴幼儿时期、童年、青春期，物质上的贫瘠略过不提，我确实有着一个幸福的家庭。父母都是勤劳善良的农民，与人为善。我姐比我大五岁，在相互拌嘴中陪伴我长大。海明威被问到怎样才能成为伟大作家时说，需要有一个不幸的童年。那我可能成不了伟大的作家，能当一名优秀的作家我就觉得很好了。我至今很怀念，我们一家四口的生活。夏天，我们搬桌子到天井里吃晚饭，母亲做手擀面，炒自家种的豆角，肉不常有。我们吃得满头大汗，再去门口乘凉，听着乡邻们聊天。这样一家四口的生活，持续到我上初中，我姐念中专，在外住校。后来，我上高中住校，我姐毕业后在城里工作。再后来，我在外地求学，我姐出嫁有了自己的家庭。没过多久，父亲去世。

我记事很晚，人也愚钝，在小学大部分时间都考倒数第一。语文太难，需要背诵，我总背不过，有次连一个智商多少有些缺陷的同学都背过了，我还没背过，这让我对自己产生深重的怀疑。数学，看不懂应用题。我好不容易在小学毕业时，两门课都考到了七十多分。我很满意，度过了一个愉悦的暑假。我第一次拿到“三好学生”的奖状是在初二，当时身边的同学已经很少老实念书，我倒是还算听话。二〇〇一年，我初中毕业，交钱上了一所容纳不想上技校又考不上公立高中的私立学校。在这所生源和教学质量都低劣的学校里，其他同学基本放弃学业，我多少还认真学了一点。高中毕业，考虑到师范类的学校学费低，我上了一所师范大专。上大学之前，我唯一热爱过的一件事是踢足球，这也是我人生中，除了写作唯一的真正热爱且投入过的事情。职业球员的梦想转瞬即逝，我在初中的寒暑假，的确曾一个人在家下功夫练习足球。轻易颠球几百个，大概是我不多的引以为豪的事情。

自小无休止的农活，烙印在身体内。尽管已经普及机械化，但在暑假我还是会匍匐在玉米地里拔草，跟着父母去山上宽敞的马路上晒麦子。肉体的疲乏和精神的空虚交替。我从上初中时，寒暑假都在家里看电视，不喜欢和玩伴在一起。有时，也参加过一两次他们的活动，但每次我都感到无所适从。我用看电视打发时间。借表哥表姐的历史书，看里面的小故事，算是我早期的阅读。

至于童年，有些情节零星地散布在小说中。比如，一、小学二年级，在村西边的水坝差点淹死。二、祖母死时，我不哭。父亲踹了我一脚，我大哭不止，丧事结束后还在哭。乡邻夸我和祖母感情深。三、夏天下大雨，父母在地里干活，我去送伞。他俩躲在路边的小屋里，看我淋湿了，说我傻。四、掉进屋后挖好的种蘑菇的坑里，摔破了鼻子。这些记忆点，我还能继续讲下去。可也只能佐证一点，我的早年生活是乏味的，却也是自在的。我生长在一个北方村庄、生活贫瘠的普通农户。正如我家大门框上贴的瓷砖字：幸福之家。

二、是什么促使你写作的？

答：第一次有意识去编造一个故事，是在二〇〇四年，高考完的那个暑假，我去村头的小卖部买回来一沓稿纸，郑重其事地拿着钢笔，“一个少年喜欢一个姑娘”，刚写了没几行，我就放弃了。但这个画面我清晰记得。写作本该和我过去很多半途而废的经历一致才对，比如我小学时，有天曾突发奇想，给自己造一个变形金刚的模型，并在家里找来一块木头，拿锯条试了几下，切割困难，就放弃了，没再坚持下去。此后对手工这块也就没了兴趣。作为一个农家子弟，写作或成为作家，肯定不是一条可行的道路。

如今，说起写作，长辈亲属会从我的祖父身上去佐证，似乎他这个旧式的文人，能从我的身上找到影子。但那太过古早，他曾经的藏书我没见过，只存在于父母的言说中。他在我的脑海中，只是一个留着长长的白色胡须且秃头的老者。我上了大学，才开始读些杂书，主要是八〇后的青春文学。他们出书发表，看样子活得也比较舒服。大一下学期，我就想要是赚点稿费，就可以请当时要好的哥们吃烧烤，便在课堂上模仿着去写青春文学，不外乎是早恋打架、青春忧伤的东西。这么一写，就过了一年多，写了很多，但总是投不中。我就有点较劲了，反正也没别的事情做。不过这种挫败，倒把我搞得那两年有些消沉。等毕业后，面临着要工作，要养活自己。写作肯定不是我的第一选择。我不愿意工作，在犯罪边缘徘徊，想过发财，当然这些路一时走不通。可以说，我是在人生到了一种无法再去承受的地步时，审视自己还能干点什么呢，文学成了我唯一的寄托，那就狠了下心，让文学成了我避世和实现自我价值的手段。二〇〇九年，我在半年多的时间里写了部长篇。成，就继续写；不成，就找工作混口饭吃。过了半年，二〇一〇年的春天，长篇签了出版合同。不管写得好坏，但这已经让我有了一个作家的样子。我可以用这个身份示人。

回望那段日子，起初促使我写作的，并不仅是对文学的热爱，热爱者太多，而能坚持下来，主因是我是一个百无一用的人，又不想工作，想自由支配自己。但不管是什么出发点，文学和写作，带给我很重要的一点，我的人生有了一种寄托，让我避免走入歧途，以此抵御世俗的挤压。细想之下，我选择文学这条路，又有极其侥幸的成分。有一年，我参加区县的一个活动，中途，和一个老哥出来聊天。他五十左右的年纪，在化工厂上班，家里也有地，闲时会写点小文章，所谓弘扬真善美。我说，文学不只是这样的。他说，但我相信这些。看到他辛劳的面容，生活在他身上留下的痕迹，苦难和磨砺是不少的。我就没有再去多说些什么，只要你信，就选择去写吧。此后，这么多年，我总是经常想起他。显然，我在他的身上，看到了自己的一种可能。若是我不读书，像同龄人那样进工厂，或是大学毕业后，找不到心仪的工作，最后也只能去附近的工厂上班，闲时写作。即便是前些年，当我生活拮据难耐时，进工厂也是我唯一的出路。业余写作，养家糊口，我不能说自己真能坚持写下去。

三、你还记得写《叙旧》这本书中的这些小说时，当时的状态和处境吗？

答：这本集子里的十篇小说，都是我在二〇二一年九月到二〇二二年十一月写的。篇幅在六千字到一万三千字不等，大致可归类为三个主题：乡村、友人、文学。其中《生平》《内情》《亲家》以乡村生活为主，算是我先前几年写作的余音。《生平》写了一位父亲，模糊了虚构和非虚构的边界。一直以来，我很喜欢卡佛的《我父亲的一生》，这篇是我的致敬之作。《内情》是关于一个“杀手”的故事，更重要的是探讨父子关系。《亲家》顾名思义，着力于“亲家”这个普遍又特殊的亲属关系。《诗人》《丧偶》《事迹》《叙旧》则是聚焦友情，里面的劲辉、张因兵、丘河初、刘明惠等，都有我真实朋友的影子。我们过从甚密，后又淡薄来往，但无一例外，他们在我的人生中留下鲜明的印记。我总会在不经意间想起他们。《业余》《聚会》《途说》都以“我”的口吻，讲述和文学有关的生活。虽有小说的虚构情节，我也不怯承认，感悟是真切的。

四、除了写作，你生活中还有其他的消遣吗？

答：我经常会想，再找一个像写作这样，热爱而且又能从中获得满足感的事情就好了。实际上，除了写作，我对其他的事情，都谈不上沉溺，即便是在阅读上，因为写作，也总是想着去研究别人怎么写，而这个学习的动机，显然降低了阅读的美好。甚至，很多时候，也让自己的阅读窄化了。也因为写作，对那种言语粗糙流俗的文学作品，不论故事是否精彩，都没有办法读下去。这个困扰持续了十余年，没有任何改观。除了写作，消遣方面，我这几年一直在追 NBA，我喜欢詹姆斯，几乎每天都在关注他的动态。竞技体育，尤其是一个赛季球队和球员的变化，犹如一场大型的史诗，浓缩了球星的命运起伏。近几年，我迷上了 UFC 综合格斗，在我的理解里，这是人类竞技体育的终极形态，容不得半点虚假和失误，也体现了一个人的精神境界。战斗过后的互相致敬，总让我由衷佩服。每次看比赛，都让我肾上腺素飙升。没有比赛的日子里，我也会看过去的赛事视频。总之，竞技体育比文学要更显见一些，好或是不好，行还是不行，摆在明面上。除此之外，无非就是听歌和看电影，打发下时间。

五、谈一下你文学上受到的影响，以及让你印象深刻的阅读体验。

答：有年冬天，我在南京见到韩东，在回来的火车上。我给他发了条信息，其中有这么一段：在我写作的生涯中，内外交困时，想到你，会生发出一种激励，心想和你同处在一个时代，操持文学，是很幸运的一件事。十余年间，我在写作上受到过不少人的影响，但一直持续至今，并且越来越热爱，且还在不断汲取营养的人，只有韩东。不论是他的行为、思想、文学本身，都让我信服。

随着年龄增加，阅读面渐广，让自己产生强烈感受的阅读体验并不常见。而一个写作者，在什么年纪遇到什么样的作品，由衷喜欢和产生影响，也是机缘巧合。可能早点遇到好东西，碍于你的无知，你体会不到它的好。而晚时阅读好东西，自己成了油滑之徒，可能也感受不到那份真挚。比如，之前并不觉得哈金写得多好，但这两年读《等待》，感受到他的笔力。具体我能想到的印象深刻的阅读体验有：

二〇〇五年，在学校的盗版书摊上，看到王小波的《黄金时代》。许多年，我都被他的阴影笼罩。

二〇〇六年，在学校图书馆借阅到由杨黎编著的《灿烂》——有关第三代诗人的生活，由此我开启了一段新鲜且生猛的阅读体验。那些几乎被主流掩盖的诗文，契合我当时的状态，二十多岁，对诗和远方，以及不羁生活的向往。

二〇〇八年，我接触到乌青创办的果皮论坛，里面有关于橡皮文学网、他们文学网以及乌青做的《海岛》等电子书。我去网吧，把这些下载整理好，拷到没有联网的电脑里，一遍遍翻看。列个名单，以下这些人的文字，在那段时期，陪伴我度过难熬的写作学徒期，乌青、手指、小安、曹寇、韩东、于坚、朱庆和、李樯、赵志明、杨黎、李黎、何小竹、孙智正、顾前、六回、邝贤良、一闪、吉木狼格、吴又、于小韦、朱白、叶青、纯铁牙签、张维、朱文、张敦、离、王小菊、竖、张三、横、小虚、张羞、张军、咄、谈波、李红旗、叶勐……这些都是我的文字英雄。

二〇一〇年，读刘震云的《一句顶一万句》，此后多年我都陆续翻看这本书。

二〇一一年，“坏蛋”独立出版的乌青的《有一天》和曹寇的《操》。那两年，我主要是看这两本小册子，寻找灵感，帮助我打开了自己的手脚。

二〇一六年，读丹尼斯·约翰逊的《火车梦》，单薄四万字的中篇。我也想写出这样的小说。

二〇一八年，在理查德·福特编辑的《蓝领、白领、无领》这本书里，读到了安妮·普鲁的《工作史》，由此认识到她，开始读她其余的书。尤其是《手风琴罪案》，在两三年的时间里，我随身携带，断续读这本。

六、你希望你的小说对别人有什么影响?

答：对写作同行和读者来说，期望是不一样的。但无疑都从中折射出我作为一个写作者和读者，面对其他作家的作品时，也希望获得到的。所以，与其说，是问我希望自己的小说如何，倒不如说，我阅读时更在意的是什么。首先，作为一名读者，而且多少有些阅读障碍，甚至苛刻的读者，能拿出时间，正儿八经把小说读完，这已经是件很不容易的事情。我并不求多了解这个小说，或是什么深刻的用意，只是一句简单的“好看”，就足够了。但如果引起更深层次的体验，如发笑、悲伤、痛苦等，那的确就是褒奖了。一个人的文字，能牵动你如此重大的情绪。所以，一些读者告诉我，读我的小说会感动落泪，我内心很高兴。要是再展开说一下，对书中某一处情节或人物的深刻印象，这少之又少。但我的最终目的，其实也是我感受到的文学的魅力，你感受了另外一种不同的生活，借此获得慰藉，起码在阅读时，能短暂抽离你生活中的纷扰。若是在此后的生活中，时而想起这部小说，能够让你面对生活的不易，或烙印在你的生命中，这一点，我觉得完全是我个人的造化了。至于其他的，文学的力量，诸如改良社会什么的，我压根没想过，这么要求我，也根本不现实。

至于在同行的眼中的影响，就像我所喜爱的那些作家一样，能激发自己写作的欲望，认为自己也可以试着去写一写。最好是过去好多年，依然在写作者的眼中，有被阅读的资格。我深知，只有能影响到写作者的作品，才会有更为持久的影响力。对比我所喜爱的那些作家，他们并没有获得广泛的阅读，甚至有些人已经淡出了读者的视线。每想到这种情况，我就很为之悲愤。

七、对五年前的自己，以及五年后的自己，你会有什么忠告和期待？

答：五年前，二〇二〇年。疫情爆发，整个春天我和母亲都在村里待着。哪里也去不了，我开始写《王能好》。我当时还挺乐观的，觉得疫情很快就会过去，没想到延续了三年。更没想到，又过了一年，我生活中最好的朋友也离世了。我想对当时的自己说，少写点东西也没什么大不了的，多走进生活中，和朋友们相处吧。可真让我回去，我大概也不见得会做出改变。人，总是这样的调性。何况我又是做事情比较急迫的人，进入写作状态后，任何意外的打扰，包括朋友约见面吃个饭，影响写作的进程，都会让我内心不安。我什么时候能更从容一些呢？

五年后，二〇三〇年。希望那时已经完成脑海中规划的小说，能有个更稳定的收入来源。生活和写作联系太紧密，虽激发自己要不停写，但细究之下还是有害的。我希望自己能更为从容地面对生活。但个人身处在时代中，过于渺小。除了写作上，我一直对自己的人生缺乏规划。回想过去五年，也断然不会相信，五年后会是如今的光景。能自己去把控的，感觉除了写作之外，其余的都做不了主。我希望，能写时，还是尽可能多写。不要太在意一时的得失，回到写作的本心上。

八、说一下和你没有关系，但你这几十年印象深刻的一些陌生人吧？

答：现实中的陌生人，让我印象深刻的，主要还是集中在感官的刺激上。

我五六岁时，跟着大人去赶集。冬天，一个小偷被商贩逮住，揪住追打，被扒光衣服拴在树上。这是我第一次看到成年人的裸体，众目睽睽下，这和在澡堂里是两码事。众人对他的凌辱，以及群体的暴力，让我如今想来都觉得恐怖。即便是对待小偷，也不至于此。

某个夏天，我在读初中，每天骑着自行车去镇上，通往学校的路上有棵大槐树，槐树下面是镇碑。有一天放学，经过槐树，发现槐树下面除了镇碑，多了一个流浪汉。这个流浪汉有点特殊，一条腿膝盖以下的部分没了，伤口裸露着，鲜红，生蛆了。白色的蛆像熬沸腾的粥一样。场面虽然有些瘆人，但好奇心驱使着我经过的时候多看了好几眼。这个流浪汉在槐树底下待了没几天，有一天突然消失了。他的消失和他的出现一样突然。过去了这么多年，我依然忘不掉这个流浪汉。还时常想，他从何处来，最后又去了何处，在他的身上有什么样的故事。

二〇一一年，夏天，我当时在城区开店。店外那条街上，有个流浪汉。和别的流浪汉不同，他爱干净，早上起来刷牙，平时捡拾垃圾和废品，一年四季，住在楼梯下层的狭小缝隙里。没事的时候，他会坐在花坛边看书。以上是听旁边店铺的人说的。而我自然也不知道他是流浪汉，因为和另外一个邋遢的胖流浪汉相比，这个流浪汉体面又干净。这条街开店的人，也乐于把塑料瓶、纸壳以及吃用的东西送给他。没过多久，流浪汉生病了，肝腹水，肚子像十月怀胎，起初还能坐一会，后来就躺在地上。或下雨或暴晒，我们给他搭建了一个帐篷，他躺在里面，食欲全无，送去的食物发霉，招来苍蝇。很快，他失去了自理能力，蛆虫滋生。我们给救助站打电话，一辆面包车开过来，工作人员把他像垃圾一样扔到车厢。第二天，本地报纸刊登一则简讯：昨天夜里，流浪汉死在救助站。

这些年印象深刻的陌生人都集中在网络上，比如最近，被热死在杭州出租屋内的装卸工；年初，年满六十岁，丢掉工作的建筑工；疫情期间，大货车女司机驱车四五千里去上海送货，在丹东街头疾呼求救的老人，视频中跳楼轻生的人。不说每天，但几乎一两天，都会有印象深刻的陌生人。在我写此文的几天内，有人跳楼砸死楼下的路人；有十三岁的少女因拒绝搭讪被砍成重伤；一个女的，其丈夫为救落水的儿子，一同溺亡。她握住儿子的手，泣不成声地唱歌谣。凡此种种，让人应接不暇，不断冲击着我们，又免不了被淡忘。很多时刻，会想起这么一两个人物。比如，前些年寿光水灾，猪圈被毁，在自家门框上吊死的中年人。这些面对生活，不堪重负的人，切实地击中我们内心柔软的部分，让我深感无力。

二〇二五年一月